悦书坊

向继东 主编

脖铃

林家品 著

山西出版传媒集团　北岳文艺出版社

·太原·

图书在版编目（CIP）数据

脖铃 / 林家品著. — 太原：北岳文艺出版社，2024.10. —（悦书坊 / 向继东主编）. — ISBN 978-7-5378-6930-0

Ⅰ. I267

中国国家版本馆CIP数据核字第2024TE7554号

BO LING

脖 铃

林家品　著

//

出品人
郭文礼

选题策划
谢放

责任编辑
谢放

装帧设计
徐奎

印装监制
郭勇

出版发行：山西出版传媒集团·北岳文艺出版社
地址：山西省太原市并州南路57号　邮编：030012
电话：0351-5628696（发行部）　0351-5628688（总编室）
传真：0351-5628680
经销商：新华书店
印刷装订：山西人民印刷有限责任公司
开本：890mm×1240mm　1/32
字数：169千字　印张：6.5
版次：2024年10月第1版
印次：2024年10月山西第1次印刷
书号：ISBN 978-7-5378-6930-0
定价：66.00元

本书版权为本社独家所有，未经本社同意不得转载、摘编或复制

总序

二十年前，身居南国的林贤治兄赐我一册《2003：文学中国》，希望我为此写点文字。林兄是诗人兼学者，著述颇丰，又是眼光独到的编辑家。他选当年公开发表的作品，结集这样一本书，无论体裁和篇幅，也不论名家或凡夫俗子，只要能入法眼者即收。后来我写了篇《作家不能"生活在别处"》，载于《文汇读书周报》。令我意外的是，十多年来一直有人转载此文，使我惭愧而惶恐。检讨自己，这些年来我虽没有改变自己，却变得麻木而无奈了。

何为好作品，也许见仁见智吧。但有一点是共通的：作家必须直面真实，感受痛点与苦难。任何漠视底层的写作，要出好作品是不可能的。余华的现代经典《活着》，把底层人物的希望、痛苦、挣扎、哀伤、无奈、坚韧状写出来，令人震撼，作为长篇，短短十几万字，其人物形象之丰满，堪称典范。

中国有多少作家？至少数以十万或百万计吧。历代的文人墨客，我们能记住多少？对人类自身有关怀和悲悯的作家太少了！李白和杜甫都是伟大的诗人；但我更喜欢杜甫，更喜欢白居易。杜甫的"三吏""三别"，白居易的《卖炭翁》等篇什，每读一次，都能让人扼腕猛醒。那唐王朝的繁华，其实只是"皇亲国戚们"的。"兴，百姓苦；亡，百姓苦。"这才是历史的真实……

当下，几乎众口一词叹曰："出书买书都很难啊！"是的，读书的人少了。无论在哪里，也无论老少，满眼大都看手机；偶见捧读者，也许多为摆拍。但我想，只要良知未泯，是真诚的，其作品就不怕没有读者。

"悦书坊"重名家不唯名家，只是希望作品更有特点和个性，更好读，庄重而不一定崇高，活泼而不浅陋。题材风格不限，或关怀人生与社会，或发自内心的反省与拷问，不拘一格，挥洒自如。

是为序。

向继东

2023年6月14日

目 录

女孩 …………………………………… 001
丝草 …………………………………… 003
姐姐 …………………………………… 006
房客 …………………………………… 008
婶婶 …………………………………… 011
搬脚 …………………………………… 013
灰灰饭 ………………………………… 015
孔明扳罾 ……………………………… 017
弟弟 …………………………………… 020
痴汉 …………………………………… 023
妇人与虎 ……………………………… 026
襁褓 …………………………………… 028
野鹤 …………………………………… 030
套套 …………………………………… 033
鸟儿 …………………………………… 036
先生 …………………………………… 037
丈夫 …………………………………… 039
茶经 …………………………………… 041
演员 …………………………………… 043
流镖 …………………………………… 045
大鱼 …………………………………… 049

无花之忆	053
雨打芭蕉	057
老空	059
爱嫂	063
分鱼	068
志	074
伊巴露丽	078
西撒哈拉的蝴蝶	087
甜水	104
寻找靓黑	113
雪轨	127
追魂	139
黑道	147
通道	157
叮咚	168
莎莎的金子	172
脖铃	176
名人	185
狗头	191

女孩

每逢太阳天，涟溪河边就有个老头在晒太阳。

老头始如打坐，两腿盘入臀下，脊背挺直，目视涟溪河中，口中念念有词，似祈祷状，只是绝不发出声来。有了老头这态势，涟溪河畔顿时肃穆森然起来。老头似有仙骨仙风之气，令人不觉屏息。

老头其实是在晒太阳。

老头晒得一身暖烘了，就不住地甩头发。

老头的头发很长，披于快干枯了的葫芦顶上，从背后看他甩动长发，俨然老妪。

有来涟溪河边戏耍的外地男女分不清他是老头还是老妪，便盯住他，看他甩头发。看厌了，发一声喔呵，走开。不愿在老头附近玩耍了，嫌老头败了涟溪河的风景。

老头不动时似乎令人崇敬，老头一动便招人厌烦。

然涟溪河还是那样美，河水还是那样静静地流着，引无数树木、房屋乃至拱桥的倒影入水中，撒一路留不下的波影于其上，飘飘乎，悠悠乎，窃窃私语着永远的兴奋。

老头便也兴奋。

这时候的老头以手握发，竟做织辫子状，且将头探向涟溪河中，涟溪河中就出现一个女孩梳妆样的丑陋老头。

只有这个时候，老头的眼神才闪出新的光泽，如发现了新生命之萌芽，如寻回了湮逝旅程中之驿站。

老头曾灌溉过萌芽的生命。老头曾驻足于旅程中的驿站。

老头许是在企及着一个心底的幻象。

太阳就随着老头的企及悄悄滑过正空，无声地向西坠落，终将金黄的余晖泼洒于涟溪河上。

远远地传来叱骂。

一中年妇人往涟溪河走来，隔老远就骂，骂的是涟溪土话，极难听懂。但听懂了就晓得是骂老头，骂老头老了不死还疯疯癫癫的要把人磨死。

熟悉的人说，这是老头女儿喊老头回去吃饭哩！因为天天要喊，喊得烦了就只好骂。若不来骂，街坊人就会说女儿太不孝顺，连饭都不喊老头吃。

老头却骂不回去，只呆呆地看了涟溪河水。

老头呆呆地看了河水，就没人再骂。

稍顷，待涟溪河水又恢复了美的平静，老头就又甩头发，又织辫子，又对着河水整妆。

天就渐渐黑了。树木、房屋、拱桥的倒影化成了一片黑的波动。到后来水中就亮起一盏灯，又一盏灯，黄黄的连成一体。河面上就有雾气蒸腾，慢慢儿地升起丝絮。

于河面上氤氲的雾气中，老头终于看见涟溪河中出来一个女孩，他就朝女孩扑去，然后牵着女孩的手，回家了。

丝草

丝草极滑溜。乡人说那就是海里的海带。长在海里是海带,长在河里是丝草。长在海里的人能吃,长在河里的就只能供猪吃。

桥伢就天天去打丝草,但已不是给猪吃。

桥伢去打丝草,后面总要跟着凌儿。

桥伢和凌儿住对门。

桥伢喊凌儿的妈妈凌家奶奶,凌儿喊桥伢的妈妈桥家奶奶。凌儿的妈妈是来帮凌儿的哥哥带小孩的,户口迁了出来,吃国家粮;桥伢的妈妈是来帮桥伢的哥哥带小孩的,户口没迁出来,吃农村粮。

桥伢每天有打丝草的事做,惹得凌儿好羡慕。

那打丝草,几好玩呵!打着赤脚,扎起裤腿,到河里玩。

那丝草,滑滑的,溜溜的,腻腻糊糊的,缠到脚上、手上,凉凉爽爽的,好有味。

凌儿就天天跟了桥伢去玩,但桥伢不准他下水。

桥伢说,你是吃国家粮的国家人,以后有工作干有洋房住,到河里淹死了可惜。

凌儿说,你淹死了就不可惜呀!

桥伢说,我淹死了无所谓,以后反正是当农民。

桥伢是解放那年出生的,说这话时已满十一岁。

桥伢去打丝草的那条河很清很亮,浅浅的河水缓缓地流,远远望去像蒙着一层透明的玻璃纸,如凌儿手中玩着的那种。

凌儿只得站在岸边,看桥伢将裤脚卷得很高很高。桥伢的左小腿肚处有一块赤红的疤,在衰衰的太阳光里灼灼地发亮。桥伢说那是被街上的狗咬的。桥伢说乡里的狗不咬他,可街上的狗咬了他。桥伢将裤腿卷得很高很高后就慢慢地下水。桥伢下水的那样儿好像很留恋河边的沙滩,脚步是慢慢儿地慢慢儿地往水中挪。河水渐渐地浸没他的脚踝,浸没他的小腿肚处的红疤,浸没他的膝盖。这个时候桥伢就将挎在肩上的装丝草的竹筐带儿套到头上,竹筐就到了他那瘦削的背上。凌儿就看见太阳齐刷刷地全被装进了他的竹筐。

河面阴了。有风贴着水波微微荡漾。河里的丝草开始舒展手脚,一长溜儿地卷过来,一长溜儿地卷过去,纠缠成一团,又想扯开,但扯不开,便一齐滚动,如一条黑色的长鱼。

凌儿明白桥伢为什么要向河中心走去。河中心的水其实很浅,因为有人挖河沙的缘故,两侧的水反而幽幽地深——只是站在岸上便能看到河中心的丝草老大老大一片,老厚老厚一蓬,顺着水花溜成老长老长一串。

那顺着水花溜成老长老长一串的丝草着实好看,竟如一条被水浸盖着的小路。凌儿好多年后还记得那顺着水儿溜淌的丝草,软溜溜滑腻腻的,如黑黝黝精灵般扭动。

当时凌儿看着桥伢往那浅浅的水中心走去时,突然大喊。

凌儿喊,桥伢桥伢你回来,不要再去了。

凌儿看见桥伢回过头,对他笑了一下。凌儿看见桥伢笑得很从容,很坦然,然后弯下腰从水中扯起一把丝草,朝他晃了晃,晃了晃后就将丝草缠到脖子上。

这时候凌儿突然感到很困,一种莫名其妙的困意蓦地袭来,令他身子软软地发胀。他不由得慢慢儿地软下去,软在了河边的沙滩上。

凌儿软在沙滩上时,有水声在耳畔哗哗地响,有树叶在头顶簌簌地响,还有一个太阳进了他的怀抱。他正要抱住那个太阳时,太阳咕咚咚如滚红薯般滚进了河中。

凌儿去捡那掉入河中的太阳,黑黝黝精灵般扭动的丝草唰的一下缠住了他,缠住他的脚,缠住他的手,缠住他的脖子,缠得他绝望地惊喊,却又喊不出,但见丝草铺天盖地般涌来,遮了天,遮了地,也遮住了桥伢。

姐姐

小镇东头原沟洼处立起了三栋茅草宿舍,每一栋三大间,每一间睡有二十至三十人不等,皆为建矿井的工人阶级,且皆为南征北战的大汉,从北方建井直建到南方。

茅草宿舍里住了这些大汉,就令小镇人的眼光格外馋——馋他们手上不时捏着的馍馍。

那馍馍,是地地道道的北方馍馍。底面是长方形的,顶面是拱状,拱若穹窿。掰开,里边是一层一层的,若紧紧密密匝在一起的岩层,吃掉一层还有一层,经得嚼,越嚼越甜。看上去白白的、松松的,置于手心中使劲攥,手一松开又弹回原状。这等馍馍令小镇人看一眼就生出许多津液,而后只得狠狠地将津液往下咽。

小佩就不知道咽下过多少回津液。

小镇的马路两旁皆为桐树槐树桂花树。树皆高大,只是树皮全被剥光、晒干、碾成粉末做粑粑吃去了。小佩之所以想那馍馍,就是因为吃这种粑粑吃得太多,腻了。

小佩要吃馍馍,愁坏了他姐姐。

姐姐漂亮至极,聪明至极,亦灵巧至极。姐姐能将糠饼子煎得金黄,发出诱人的糠饼香。姐姐能将麦麸搓成圆坨,蒸出来仍然是圆坨,还泛着红光,不散架。姐姐能置一瓦钵于炭火上,烧开水后,不用油盐,将野菜放进去余一滚即夹出来,如品"过海青龙"。姐姐还能以燕子花、鹅棠草、观音土、槐树皮等包出汤丸。但姐姐无论如何做不出小佩想吃的那种馍馍。

可小佩就是想吃馍馍。

小佩实在捺不住想吃馍馍的欲念，偷偷地跑到三栋茅草宿舍看大汉们吃馍馍。大汉们吃馍馍的样子更令他吃惊，在小佩看来那么大的一个馍馍，大汉们竟一口就塞进嘴里，连点馍馍屑子都不洒下一点。

一大汉见小佩看着自己吃馍馍，于心不忍，将吞进嘴里的馍馍又掰下一截给小佩，且云，可以到建井食堂里去，食堂里每天蒸馍馍。

小佩兴奋至极，终于知道产馍馍的地方了，遂天天往建井食堂跑。

一日，小佩回到家，对姐姐说，姐姐姐姐你好狠心，你有馍馍不给我吃！

姐姐大怔，问，谁说我有馍馍？！

小佩说，建井食堂蒸馍馍的人说你有馍馍所以他们不给我馍馍。

姐姐怒极，愤极，身子颤抖个不停，继而往食堂走去。

但后来姐姐果然就间三隔四地带了两个馍馍回来，带了馍馍给小佩吃。

待到镇上人也有自制的馍馍吃时，小佩忽然不吃馍馍了，且从此恨透了馍馍，见到馍馍就要呕吐。

007

房客

都是煤矿井下掘进工,这年长者和年少者同住一房。

楼房。以前地主的楼房。木楼梯、木楼板、木板壁、木栏杆,翘起的屋檐,一边还蹲着一只小狮子,龇牙咧嘴做嬉戏状。楼房是一间套一间,套了十多间,每间都有十多个铺。唯他俩占了一间,最外面的一小间——热天太阳进屋,冷天北风直入,且为里边房间人的必经之地。

"咚咚咚"二人上了木楼梯,一个哼着《刘海砍樵》花鼓调,一个唱着《咱们工人有力量》,"哎哎哎"和进行曲互不干涉。唱完,便有一个先"挑衅"了。

年长者对年少者说:"你那三根筋挑着个呆脑壳还有力量?!"

年少者说:"你的嘴巴本来就歪,还要'哎哎哎'!"

年长者就冲上去,抱着年少者滚到床铺上,针一般的胡子就使劲扎,炉渣般粗糙的手就到处摸,摸得年少者哎哟哎哟直叫唤。

"铁棍了,怎么过?"年长者一本正经问。

"怎么过?打干钻!"年少者一本正经答。

"要得矽肺病的。"

"正好吃营养食堂。"

二人同时哈哈大笑,开心死了。

吃钵子饭,睡硬板床,做三班倒,哼曲子,扯卵谈,一天一天痛快过。

但慢慢地就有了变化，吃不饱，肚子老是咕咕叫。

是夜，年少者进班回来，上了楼梯，伸手一扯电灯拉线开关，"咔嚓"一响，灯却未亮；连扯几下，"咔嚓""咔嚓"，依然不亮。摸出手电筒，照，只有一个灯头在天花板下晃荡，手电光往年长者床前一移——多了一双鞋子，鞋面上且有大红的花。年少者心头遂扑通扑通跳，手电光终不敢再往上移，熄掉，悄无声息地爬到自己床上躺下，大气也不敢喘，那心却像擂鼓，睁着眼睛，竖着耳朵，紧张到害怕，害怕到紧张，但又想听出些个什么动静来，听来听去，却毫无声响，如同无人一样，渐渐地自己惶惶然进入了爪哇国里⋯⋯

上午起来，里边房里就有人遛到这间房里来，问：

"昨天晚上吃糍粑了么？"

年少者尚未明白，回答说："哪里有？"

问的人就笑，笑得眼睛都看不见了，指年长者的床。

年少者顿时明晓，脸羞得要发红，但红不起来，蜡黄蜡黄的色太重。

年长者回来，见年少者在卷被窝，便说："用不着搬，干不了那事的，都死人一般了，就只取了灯泡，怕不方便。"

年长者身后站一女人，耷拉着眼皮，一副无精打采相。脸庞倒是挺大，但怎么也显得不匀称，两腮好像比颧骨鼓出许多，亮亮的，如吹足气刨光毛的死猪般泛着光。

房里遂住了三个人。

年长者与年少者调作同一个班，一起进班，一同回屋。若做白班，夜里三个人就在黑屋子里讲白话。

年长者爱说："唉，那年的红薯要留到现在来吃就好了。"

年少者爱说："要有餐饱牛肉吃就好了。只吃一餐，胀死都抵得。"

女人爱说:"有块红烧豆腐就顶得肉了,还讲牛肉!"

三人皆用手背抹嘴角。

年长者的腿一天比一天粗。粗得女人着了慌,"男怕穿靴,女怕戴帽",慌得唯两手在大腿上乱擦。

年少者则献一"药方":黄豆炖牛肉,包断根,永不复发。

"处方"开出了,"药"却无法去捡。

女人咬咬牙,头那么一甩,短发就那么一抖,令年少者蓦地打了个寒噤。

旋即有了黄豆煮冬瓜皮。

旋即有了黄豆炖牛肉筋。

房子里旋即响起几声花鼓调。

花鼓调突然走了音,年长者一把揪住女人。

"快说,老实说,你这东西是从哪里来的?"

年长者的手其实只能缚得一只鸡了,可女人就像只小母鸡,一动也不动。

"竟然偷,偷……"

女人跪在地上:"我没偷,偷……"

年长者容不得女人再分辩,女人也不敢再分辩。

年长者把女人捆上,牵着绳子,往马路上走,边走边喊:

"大家莫学啊,我女人偷……"

"偷"字后面的"人"字还未能吐出,年少者到了他面前,只听得"啪"的一声响。

三人同时倒下,呈Y字状。

婶婶

婶婶有两只瓷碗。一只粗瓷碗，粗粗的还黑不溜秋的，如满碗的油垢没洗净；一只是细瓷碗，细细地上了釉还绘着一朵花儿两株草儿。

两只瓷碗都深得婶婶的爱。婶婶决不因粗瓷碗之粗而鄙薄之，也决不因细瓷碗之细而厚待之，因为两只瓷碗之于婶婶，都是能盛茶水能盛饭菜的，皆不因瓷碗之粗细而使茶水、饭菜生出两样味道来。都一样！

粗瓷碗是婶婶第一个丈夫用的。婶婶的第一个丈夫常端了盛有红薯藤熬就的稀糊糊的粗瓷碗蹲于堂屋前，呼啦啦灌下一碗，呼啦啦又灌下一碗。那样儿似饿极馋极贪极了。饿极馋极贪极的他，仍被生产队派遣去五十里外挑红薯藤，结果在路上一个闪失，倒下后便再也未能爬起，唯一只手尚抓向红薯藤。

细瓷碗是婶婶的第二个丈夫的。婶婶的第二个丈夫常端了盛有熬得酽酽的药汤的细瓷碗坐于矮木凳上，极艰难地抿下一口，又抿下一口，且不住地捂住心口，咳；然后，"噗"的一口吐出带有粉尘的浓痰。婶婶的第二个丈夫在喝多了细瓷碗盛有的这种药汤后，便不肯再喝，将药汤往地上泼，泼得地上湿漉漉一片。终有一天，在泼完药汤后，他极不甘心地闭上了眼。

自此以后，婶婶不再嫁人。

因了未再嫁，遂有男人缠上门来，却皆为婶婶叱退。然家在三里路外的大队会计、低辈分侄儿来婶婶处歇脚时，忽地生出许多温存来。

这一日,婶婶正在洗碗,侄儿复到身边,讨婶婶亲手泡的茶喝。婶婶将粗细二瓷碗抹得干干净净,并列摆于凳上,提起盛有隔夜茶水的砂罐,分筛入粗细二碗中。

婶婶说,你要喝茶就将两碗全喝了吧。

侄儿说,莫道是两碗茶,你就是要我喝两碗毒药,我也一口喝光。

侄儿喝毕,婶婶问:

"哪个碗中的茶味道好些?"

侄儿答曰:

"都一样。"

婶婶道:

"这就对了,碗不一样,茶味却是一样的哟!"

侄儿顿悟,辞谢而去。

自此,婶婶很过了些清静的日子。

搬脚

乡人有力大如牛者，便替人"挑脚"，以赚取力资。始是从山里挑货去县城，再从县城挑货回山里，往返路程二百一十里，且山路崎岖，还要翻越两座高岭，该"挑脚"者肩挑二百斤，两天一来回，若无其事。然力大者必能吃，每餐需一斤肉、一升米方饱肚。

山里有盛产竹木之地，常有大批竹木须从山下运往溪边，有专门从事肩运竹木的劳力，谓之"搬脚"。"搬脚"较之"挑脚"稳定，"挑脚"者遂改行"搬脚"。这一"搬"就是几十年，以大力士之名声震邻近六县，遂有"搬脚王"之称；只是每餐饭量亦增至米升半、肉二斤。

"搬脚王"有过"一肩'强八根'"和"'对子'一千斤"的辉煌业绩。"一肩'强八根'"即百来斤一根的大楠竹，左右肩各放四根，走完"一肩路"——三百六十步。"搬脚王"此举是在货主封了两块银元的"红包"，备下千响爆竹一挂，于三百多"搬脚"者的围观下安然起步的。但见他步伐悠然，肩上竹尖随步闪动，节奏合拍。在他不慌不忙走完"一肩路"时，爆竹声欢呼声响彻山谷。两块银元的"红包"由货主毕恭毕敬交到他手中。"对子"是指每肩各扛一根木。时各地脚帮集会，互不服气，摆下擂台，各选派大力士出场。"搬脚王"头肩使力，四个彪形大汉将两根各重四百多斤的大松木抬起，在他左右肩上各放一根。围观者瞠目咋舌、毛骨悚然。"搬脚王"神态自若、步履平稳，从从容容走满"一肩路"，得了货主摆下的三块银元"奖品"。

"搬脚王"年老时力气稍减,但饭量不见大减。尽管他早已不用替货主"搬脚",临死时却喃喃不已,说要是还有"搬脚"就好……就好……

将"搬脚王"葬于土穴时,有人叹曰,此人一身绝力,若早年投军,怕不博得个"万户侯"。亦有人曰,他若早年投军,说不定早被炮火打死在沙场上了,还能到今天?!于是皆嗟叹,竟都不能为他讲出个道道来。

灰灰饭

江面上一叶白帆远去了。当它返回时,带来的也许是满足——狂笑,也许是失望——悲泣。唯有洁白的浪花总那么自在,既不会觉得少了什么,也不会觉得多了什么。

江边,两个赤条条的孩子趴在沙滩上,太阳照射着沙石,也照着孩子那朝天撅着的小屁股。他俩刮得溜光的头一齐挤在一个小沙坑边。孩子们的腮帮子一鼓一鼓的,如同小鲫鱼鼓水,"噗——噗——"地发出好似吹火的声音,却吹起一阵细沙。

一个孩子猛地跳了起来,把另一个一拉,光屁股坐在沙子上。

"'饭'开了。哎呀,'米汤'烫着你没有?"

一个孩子伸出小指头,在嘴里蘸点口水,轻轻在对方脸上揩,揩出一道道污黑的小沟。

"饭"熟了。一块碎瓦片是碗,瓦片上盛着的一撮细沙是他们煮熟的"灰灰饭"。两张小嘴就隔着瓦片寸来远扒动起来。

"好吃不?"

"清甜清甜。"

"荷包蛋呢?"

"不咸不淡。"

各人捧一颗光溜溜的鹅卵石,互相推让着,就唱:

　　你吃黄,
　　我吃白,

留下壳壳摆碟碟……

欢快的、真诚的、无忧无虑的笑声就漾起，在沙滩上，在河岸边……

十来年后，在这沙滩边的码头上，有两条大汉，瞪着喝得通红的醉眼，摇摇晃晃地踏着跳板，走上船去，把风帆扯起，打几声长口哨，"呵——呵——"，带着希望，顺着江水，去了。未几，也许二人回来会碰杯；也许早已厮打了一场，只有一条大汉回来，他的身上沾满斑斑血迹……

沙滩上又有孩子在唱：

你吃黄，
我吃白，
留下壳壳摆碟碟……

孔明扳罾

孔明者，诸葛圣人也，在本地颇受推崇。因而凡心眼玲珑而又计谋屡出者，乡人便说，那是孔明的崽。

凡被认作是孔明的崽的，大抵又对孔明不太敬重，这主要表现为不管什么歪七斜八的计谋，皆标之为孔明之计。如孔明有个八阵图，据说以火烧连营大败刘备而威名赫赫的东吴大将陆逊走入其中便被迷住不得出，最后是孔明的岳父不忍杀生而将其引出。陆逊被引出后一看，哪里有什么"阵"，就是排列了好几堆乱石而已。孔明的崽则将哄得本地一些人团团转，乃至相互斗殴之法名之曰八卦阵。譬如先对甲说乙拿了你的一件物什躲在某处，又对乙说甲拿了你的一件物什躲在某处，引得甲和乙相互追踪，甚至相互大骂一场，孔明的崽则笑得喷饭，说是甲和乙皆进了他的八卦阵了。又譬如对某一懵懵懂懂的女子说，今夜我要摆个空城计，我不在房中歇宿，而房门却不用关的，不信你就去看。哄得女子真去看他究竟是否用了空城计，一去，"城中"不空，孔明的崽正在其中，待女子进来后便将"城门"关了，名曰空城计之反用。

群生便是孔明的崽之一。

群生始好做媒。那时乡里封闭，虽说有一条马路上与县城、下与早已称之为地区的府城相通，但除了每天有几辆载着上县城下府城公干的公家人员的客车在马路上跑一跑，鸣响几声喇叭，扬起些儿灰尘，惊动一群大白鹅将蛇一般的长脖颈紧贴地面往前梭动，复昂起，嘎嘎一顿乱叫外，也就作不得其他的用了。那时节群生就像公家人一样坐过客车，在那条作不得其他用的马路上奔跑过，回来后就说他见了好多漂亮女子，真正的仙女一般的女子，问有人要不，如果要的话，拿定金来——一百二百不论，定金多一百元则女子漂亮十分。群生这话一传出去，就有送定金上门的，且不喊他群生了，喊群爹了。群生却也像公家人那样公事公办，摸出一个小本本，将交了定金者的名字一一记上。记曰：×队××，于××××年农历××月××日交定金××元，定购××等女子一名，是以为据，两不相违。若无女子，则以群生房屋抵押，此凭。

群生确有一以泥为墙以草为顶之茅屋，只是来交定金的人则以十数计，按理说群生需有十数计的房屋方能抵押。然乡人皆率直，只谓有个房屋抵押便放了一百个心。群生揣了定金，便再难见得人影，以致他那间关闭的茅草屋前的地坪里一下热闹非凡，来要钱的接连不断，俱顿足而叹：唉呀呀，中了短命鬼的奸诈计了！便有人要破门而入，欲占其茅草之屋，却又被他人牵制住了，讲要占大家占，要不占大家都不占。于是大家又私下里庆幸，幸亏中了短命鬼奸诈计的不止老爷我一人。

群生这么着的躲了好多年，直躲得乡人皆为自个儿名分下那块田土忙碌去了，将群生差不离地忘了时，群生突然出现了，且身后真的跟了一个足有八分姿色的女子。群生仍未忘记那些交了定金的人，只是讲物价上涨了，一百二百的要一千二千了，交了一百二百的他按国家银行的利息计算，有多少利息就算多少利息，加上利息尚欠缺的需一次交齐，不要人的退款，要人的还是按原来交定金的先后顺序来。

乡人一下又讲起群生的好处来，讲群生到底是个讲信用的人。

忽一日，有人惊曰，群生这短命鬼是贩卖人口哩！于是众人大骇，讲这如何了得。有人便想，只有告到政府去，将群生一索子捆了，捆了后好将交给群生的钱索回来；又一想，不妥，群生是卖主,咱是买主哩,照样开脱不了,大清王朝的典律也是禁止的哩!再一想,咱虽是买主,但买来是做媳妇,又没当牛使。这样想着,心便安了,只是决不去告群生了,只是在心里骂群生这短命鬼尽干些缺德事。

群生想必是知道了这些,说,怎么啦,咱这只是用用孔明扳罾之计呀。

乡人皆不懂何谓孔明扳罾,却都知道群生是在"孔明扳罾"。只是有人见识了他的"扳罾",忍不住喊,让我也扳一回,扳一回!

这一年连着下了几十天的暴雨,把个村淹了,街淹了,田淹了,土淹了,到处一片汪洋了。有人见得群生将领来的一个女子往树上托,托上去后他自己便也想上树,那树却又禁不得两个人,群生只好站于树下双手抱紧了树,这时候打来一个巨浪,群生就不见了。

群生不见了后,乡人心里皆惊叹,讲,果然是天网恢恢疏而不漏,果然是善有善报恶有恶报,那缺德事儿果然就不能做。

然而水退了后,有人问起群生,众人皆说群生是"孔明扳罾"去了。

孔明扳罾,你晓得么?

弟弟

黄泥巴灶里的柴火很旺。

灶是新打的,外形高而凸,内膛深而凹。

坐于灶前的弟弟显得小极了,小得几乎能从那灶门钻进灶膛内去。小极了的弟弟一边儿不断地往灶内添加沾有雪水的树枝,一边儿尽力烘烤着瘦弱的身躯和身躯上破烂的夹衣。

灶屋紧邻哥哥的睡房。

哥哥新当了队长,能管队上百十户人家,遂有新嫂子上门,恩爱得如胶似漆;遂和弟弟分了家,然分家不分房,弟弟睡于灶屋一角落处。哥哥说这样方便照顾,显得还是一家。

哥哥睡房的门紧闭,却不断有些许微妙的声响跌跌撞撞地从门隙里进出。

因了灶内柴火也在毕毕剥剥地响,弟弟不太听得清。然弟弟要煨红薯当早饭了,待柴火燃出很大一堆的火烬,便不再添柴,只将一白皮红薯塞入火烬中。

灶屋就出奇地静了,听得见有两只老鼠窸窸窣窣的。

大概是交尾。弟弟想。

弟弟这样想着,不免恍恍惚惚地睡去,头伏在膝盖上,破了洞的布鞋从脚上滑落,皲裂了的赤脚往热灰处挪了挪。

弟弟竟然听见了老鼠在对话。

"这是什么地方?什么地方?"

一只老鼠尖吱吱细嗞嗞地问。

"这是滑石坳呀!嘻嘻。"

一只老鼠痒酥酥滑腻腻地答。

"这儿呢?这儿?"

"杜家坪。"

"到杜家坪歇一歇,好么?"

"随你,随你。"

……

"还不走呀,起身起身!"

"再煨一下,再煨一下。"

恍惚中,弟弟闻见煨红薯的香味了,一丝涎水顺着灰脏的嘴角流下。

老鼠的窸窸窣窣声没有了。哥哥的睡房门"吱呀"一声开了。

哥哥见弟弟尚伏在灶门口打盹,厉声喝道:"要你清早去买猪仔,你买回了没有?"

弟弟迷迷糊糊答曰:"去了去了,可全没得。"

"去了哪些地方?"哥哥又喝问。

"到了滑石坳,滑石坳没找到;又到杜家坪,杜家坪没开门……"

弟弟喃喃而答。

哥哥始是一愣,继而大怒,骂一声懒鬼,扬起巴掌,朝弟弟脑袋扇去。

弟弟于恍惚中略一低头,巴掌将弟弟的破驼绒帽直扇入灶膛内。随哥哥而来的新嫂子一见,心疼得忙伸手去捡,却听得弟弟说:

"再煨一下,再煨一下。"

哥哥恼极,抢上一步,一脚踏于驼绒帽上。

"我的红薯,我的红薯!"

弟弟惊呼。

哥哥由此认定这位弟弟是无可救药的懒贼。恨了半晌，只搜索出一句话："狗×的你给我搬出去！"

屋外是寒风夹雪。弟弟把个身子佝得更小，倏忽间不见了踪影。

唯灶膛内的煨红薯仍喷发香味。

痴汉

池塘里水不深，仅齐腰而已。

时令已初冬，早早地起来开门，一瞧，盖白头霜了——路边草上薄薄的一层，还晃晃地耀人。

痴汉于门口略一踌躇，复返回床，嚷着不愿去受那份儿冻，仍要妇人的温存。然痴汉不会说那文绉绉而又拗口的"温存"，只说要"味"。

妇人极贤明，知道痴汉除了要"味"外也无别的嗜好，诸如打牌赌宝搓麻将、输钱输物输妇人，乃至拦路打劫、爬车勒索等等的一概不为。且痴汉原本连这要"味"也不会，是妇人于新婚夜之极度失望后，虽经耐着性子多次点拨仍无成效的境况下，对痴汉云，你过来，我给你甜橙。痴汉却不痴，说，这半夜三更的，你有鬼甜橙。妇人说，你过来，若没有好吃的有味极了的，你捶我。痴汉见妇人如此说得认真，方动了心，正欲从脚头过去，妇人又云，你得从上面过来我才给你。痴汉无奈，只得依嘱而行，果然就觉得有味——虽然终未吃得甜橙，却觉比甜橙更有味数倍，自此后便只要"味"而不提甜橙了。妇人亦一力满足痴汉这一点儿也不过分的要求，且自觉痴汉虽痴，比起那些有了几个小钱就在外面胡作非为的灵泛汉子其实要强无数。

因了妇人有求必应，痴汉的要"味"渐渐毫无节制，成了胡缠蛮搅。这一大清早的，要他出去干点儿事，他竟又返回来要"味"，妇人心中便生几分不快，颇不耐烦地将手往外一挥，说，

"味"那玩意儿跑了，跑出门去了，你还不快去找！说完，兀自嘟囔一句，打开门不关，能不跑？

痴汉顿惊，瞧那门儿大开着，果真只得怪自个儿未关门了，忙往外走。走出门，但见冬野寥廓、万物萧萧，门外那条小路光光滑滑地直往远方梭溜。一思量，道那"味"定是沿小路溜了！拔脚儿就追。追一阵，停下，又思量，道那"味"也鬼机灵的，说不定会藏于刺丛中草根儿下，还是慢慢儿仔仔细细地寻为上。便弯腰撅臀，大睁着眼儿不放过丁点儿可疑的地方。

痴汉认真寻"味"时，白头霜儿仍白白地晃耀，晃耀出一股一股的寒气透骨儿凉。然痴汉全不觉了，一门心思寻"味"了。就有早起的人家犯疑了，瞧那汉儿在寻什么宝物了？时下早有信息，云大不列颠抑或是美利坚遗下有大宗宝物，寻着者可换得花旗银行百万英镑。寻宝者已从京城遍及山乡，有人为购一寻宝路线图甘愿花钞票数万。莫非这汉儿已打听得本地有宝也乎？！遂笑容可掬迎上，问汉儿寻甚。痴汉心内正烦，连叱"去去去"，我寻我的关你鸟事！

痴汉这么一答，问者心内更觉有数，由不得鼻孔里哼一声：嚯，想瞒爷们，想独个儿吞了，嚯——

不几时，寻者密集，皆争伴于痴汉附近，只踏得路边草儿上的白头霜"吱吱吱"融响得透彻，渐渐地就到了那水儿不深的塘边。有人"砰"的一声，踢落一石块于塘内。

痴汉听得塘内一响，喜极，暗道，这回儿看你往哪儿跑！纵身一跳，入了塘内。摸。一个劲儿地摸。随者忙纷纷下水。

这当儿来了一位僧人。僧人凭他的悟性便知塘内有非寻常之物。急脱僧鞋，蹦入。稍顷，却又受不得刺骨之凉，拢起双手往唇边直呵气。痴汉一见，怒极，骂道，你这个秃驴，原来把我的"味"吃下肚去了，挥拳直捣。僧人大骇，忙遁，头上那顶僧帽于仓皇中掉入水中。痴汉捡于手上,见那僧帽空空的,中间凹凹的,恨而叹道,他妈的你吃了我的"味"只留下一个空壳。

痴汉回到家中,只叹息不已,从此不再问妇人要"味"。妇人安静了一向后,反怨自己不该哄了这个大实心人。

妇人与虎

妇人于山脚沙土中翻弄红薯藤,翻得腰酸背痛时,直起腰,转过身,欲取水喝——水葫芦呢?

妇人不见了水葫芦,方想起她那三岁的小孩也不见了,遂一面骂"小宝小宝,你这该死的哪去了?快拿水葫芦来,你老娘要喝水了",一面四下寻找。

妇人猛地一下怔了,愣了,全身似要瘫软了。妇人看见她的孩子在与一只大猫对峙,那只大猫比家养的猫大若干倍,额头上一个"王"字显显赫赫。妇人情知是虎,可她的孩子在"猫咪猫咪"地轻叫,并以手中水葫芦逗耍。妇人蓦的一声惊叫,全身的精、气、神、血一齐调动,什么也不顾了地往孩子那儿扑去。她必须救她的孩子,必须!

然妇人朝孩子扑去时,老虎堵住了她。老虎不准她接近孩子。

妇人朝孩子走近一步时,老虎朝她走近一步,妇人吓得往后瘫退一步时,老虎竟也往后退一步。如是者三,妇人突然明白,老虎是不是以为她要去夺那个正在与"猫咪"逗耍的孩子?!

"那是我的孩子!我的孩子!"妇人大呼,亦大骂,"你个扁毛畜生,你想抢我的孩子,你不得好死!"

老虎似乎听不懂她的呼与骂,只是虎视眈眈。

这个时候孩子喊着"妈妈、妈妈"跑过来了,并将手中水葫芦朝"猫咪"一丢,喊:"我不要了,我给你,我不跟你玩了,我要妈妈!"

妇人一把抱住孩子，将孩子紧紧抱在怀中，眼泪水"哗哗"地淌了孩子一身，旋又想起还在老虎的威胁之中，便放声大喊，快来人呀，救命呀，老虎要吃人哪！

　　山野很静，妇人的喊声传出很远很远，但没人回应。

　　老虎许是见孩子已不跟它逗耍，甚是无趣，便用前爪抓起水葫芦，又放下，转过身，径自走了。

　　妇人回村后和人说起老虎之事，无人相信，都说她是胡言乱语。孩子亦和同伴说起"猫咪"之事，同伴都相信，都希望自己也能和那样的"猫咪"逗耍逗耍。

襁褓

小镇上没有人不知道牛脚和尚。老辈的人都说，牛脚和尚没爹没娘，是土地爷送来的。某年某日，吉祥庙的老和尚做了一个梦，梦见土地爷踏着一道白雾而来，从怀里掏出一样东西，一看，竟是头如同兔子般大小的小牛。那兔子般大小的小牛转瞬间便变大，且越来越大，直大得跟人一样。土地爷手一扬，牛就往老和尚身上撞来。老和尚惊极而醒，就看见了还在襁褓里的小牛脚和尚。

镇上人遂云，谁说和尚无崽，小牛脚和尚就是和尚的崽！和尚不用自己播种耕耘，省了好多气力！

小牛脚和尚不哭不闹地长到八岁，人们突然发现他的两只脚长得奇特，呈蹄形，黑酱色，只有四个脚指头，走起路来发出一种怪响，仔细听，竟如牛犊的哞哞声。

小牛脚和尚本应被视为怪物，但因是吉祥庙和尚从襁褓里得来的崽，便皆说那不是怪物而是神灵。倘若不是神灵，能有那么一双脚？！

因了那双脚，小牛脚和尚成了家喻户晓的人物。镇上的婚嫁喜丧都少不了他，老辈的人说小牛脚和尚阴教好，鬼怪都怕他，他的脚板在哪个屋里一响，哪个屋里便亮堂起来。不过后来，小牛脚和尚常年穿着布鞋，很少有人能看到他的脚了，皆只能闻其走路时发出的那种响声而已。于是，在如牛犊的哞哞声中，吉祥庙里的老和尚死了，小牛脚和尚长成了牛脚和尚。

是年，镇长的三女儿得了怪病，不吃不喝，疯疯癫癫，眼见得只剩下一丝气了。牛脚和尚分开众人，喝一声，拿坛酒来！双手合一，口中念念有词，两条腿筛糠似的抖动起来，越抖越快，忽地踢掉布鞋，一只脚踏进酒坛里，只见酒坛里"吱吱"地便冒出热气来。过了半晌，他将脚收回，那脚已黑得发紫，油亮得像打了一层蜡，大脚趾黑圆，浑如眼珠。

镇长的三女儿喝了这坛酒，病倒痊愈了，但却有了酒瘾，隔几日不喝，就又发病，且只习惯喝牛脚和尚的酒，别的一概不沾。牛脚和尚便经常被请到镇长家去做酒。

过不久，牛脚和尚忽然不见了。吉祥庙挂一把大锁，锁上渐渐地落满灰尘。

数月后，镇长做了一个梦，竟和吉祥庙的老和尚做的梦一般模样。镇长惊极而醒后，果然也见得褪褓里有一个娃娃。

野鹤

那年月矿区公共厕所特别受人青睐。

入厕者刚一撩起裤管,或刚一蹲下,便有等候于外者以长把竹筒尿勺相接——接了后便倒入自家的便桶,去肥沃那为度过灾荒而被政策特许开挖的土地——将希望寄于土地上栽下的白菜萝卜诸物。

入厕者皆为单身职工(已婚职工及其家属大多备有便桶置于室内或厨房门后。搭盖私家茅厕者亦众),接厕者皆为职工家属。入厕者不感不便,接厕者亦不觉不便。接触一多,厕内厕外还常常搭讪。其内容多为:

一个问:"吃了么?吃的什么?"

一个便答,吃了,吃的什么。旋客气地反问,你吃了么?吃的什么?

厕内厕外一片祥和。

一日,厕所之标有"男"字一侧出现一崭新尿桶,并配有一崭新长把竹筒尿勺。尿桶与尿勺上均有浓墨写就的"野鹤先生"四字,笔力遒劲老道,系书法家野鹤先生亲笔所书。

"野鹤先生"四字引来入厕者啧啧赞叹,好字好字!于赞叹之中情不自禁便往野鹤先生桶里撒尿。野鹤先生遂每日不需候厕亦可得一满桶——下班后从办公楼内走出,亲自取了,去淋他的白菜萝卜。

野鹤先生为第一个亲自提桶执勺肥沃土地的矿区干部,亦打破了接厕者皆为家属的局面。

野鹤先生尚未及不惑之年，然皓首银髯，俨然天外隐士、山中高人。路上遇见人从不问"吃了么？吃的什么"，亦不答"吃了么？吃的什么"。有人问，你就是野鹤先生么？他则两手先平抬往上，再往下扇，作野鹤状，仅此而已。每日下班后提桶执勺完毕，他便闭门不出，唯星期日必滚铁环，以一长铁钩套一大铁制圆圈，在马路上来回滚，从上午滚至下午，将铁环滚回宿舍后复去提写有"野鹤先生"四字之桶。

过年亦如是。且将来矿之孩子带上，往二十里地外的县城滚铁环。孩子尚幼，直嚷跑不动，要吃肉。野鹤先生遂以拳脚相向，必使得孩子呜里哇啦方才心满意足。人说他过年也不图个吉利，野鹤先生说，什么叫吉利，小东西不问我要肉吃了就是吉利。

因了"野鹤先生"四字之桶，野鹤先生开挖的菜地里便郁郁葱葱、蓬蓬勃勃，然野鹤先生脸上未绽半点笑意，反多了些忧虑。

野鹤先生常于夜间去菜地转悠。每转悠一次，从菜地里拔出些菜蔬带回宿舍去，洗净后置于脸盆中，将脸盆置于两块土砖架起的灶上，煮。煮熟后就着脸盆吃个精光。

一夜，野鹤先生发现菜地里空了一大块，愤极、恸极而又感极：窃菜者窃菜后竟将土挖了一遍。返回家后野鹤先生疾书"欲吃者请问野鹤先生索，万勿做狗窃之事亦勿劳松土"于木牌上，复将木牌插于菜地空处，又移植数株，填入空穴中。

野鹤先生惊奇地发现，移植入空穴中的菜蔬长势格外迅猛，不数日，竟超出其他同类一尺多高，葳葳蕤蕤，且无人狗窃——狗窃者专窃未立木牌处之物。

野鹤先生遂连写数块木牌，分立于菜地四周，又于是夜执手电筒携一小小挖锄欲将葳葳蕤蕤之菜尽数挖出。

野鹤先生一手打着手电筒，一手执挖锄挖，一锄一蔸。挖着挖着，忽地尖叫一声，往后便倒，猛爬起，电筒、挖锄俱不顾，狂奔，唯不入室。

"我吃了孩子！"他逢人便说，双手先往上平抬，复往下扇，作真正野鹤状。

套套

那个时候的套套其实就是安全套,但无安全套之称,皆称避孕套。这"皆称"又是非公开地"称",只是大人们秘密地且很不好意思地"称"。那时煤矿井下采煤放炮也有一种形似避孕套的套套,是用来保护做成筒状的炸药免受潮湿的,自然它比真正的避孕套大且厚;但也未被称作安全套,也是喊套套。

那个时候的套套并非是一次性的,因为得来不容易。不希望每碰一次便怀孕的夫妻,在使用完它后,隐秘地以水洗净,隐秘地晾干、卷起,置于装有滑石粉的小盒内,藏于隐秘之处,以备下次再用。偏有灵泛的小孩,不知怎么地找了出来——见那玩意儿,稀奇!薄薄的、滑滑的,好玩;以嘴吹气,还能鼓胀起来;用一麻线扎住鼓胀起来的套口,手一松,竟然能飘(那时的煤矿小孩可不知道气球是什么玩意儿)!找到了这么好玩的玩意儿,遂一面埋怨父母亲有这么好玩的不给自己玩,一面跑到屋外放肆玩,引得小朋友们都想要过来玩一玩。玩得正起劲,母亲来了,一见,大惊失色,旋怒斥,鬼崽子,什么东西不好玩,偏玩这个!一把抢过,欲置于脚底踩爆,又不舍,便只恼羞地扯掉麻线,"噗",那玩意儿便瘪了,软塌塌了,母亲忙忙地塞进口袋。孩子一见好玩的玩意儿被没收,不干了,叫着要。母亲抬手、弯腰,几巴掌,打到孩子屁股上,打得孩子不明就里地哇哇哭叫。亦有不明就里的别家孩子的母亲见了,问,打孩子干吗呢,孩子又做错啥呢?不好回答。索性再加几巴掌。母亲拖了愈发哭叫得厉害的孩子往家走,回到家里,关起门来教训孩子,这种东西,是不能拿出去玩的。晓得不?待到丈夫回来,又埋怨丈夫,这么脏的东西,你就不会藏到孩子找不到的地方……

一日,又有孩子在玩套套。然此套非彼套,是井下放炮用的套。此孩子的父亲是挖煤的,因为此孩子见过彼孩子玩套套,吵着也要玩套套,父亲遂从井下带回几个套套。此孩子玩的套套比彼孩子玩的套套有味得多,吹足气后,又粗又长。有那不知就里的妇人一见,失声而叫,我的天啊!迅忙告状,以太无名堂、玷污眼目之罪,告到家属委员会。

家委会主任姓李,名庆华,一位四十多岁的"老主任"。之所以称"老主任",乃在于这个煤矿一建立,她就是第一任家委会主任,且年年是,不用选,也不用上级任命。不用选是因为,凡家属不论大事小事都是她出面管;不用任命是因为,她既非干部也非工人,是地地道道的家属。故而那"主任"二字本是应该打引号的,但这是既定事实,连领导也喊她主任。凡家属有事找到矿领导那里,领导都说,你们这号事,去找李主任。

当下妇人一告状,李主任不信,说,哪有那么粗那么大的?妇人便拉了李主任去看,说,耳听为虚,眼见为实。捉贼拿赃,捉奸拿双。这次你再不好好管一管,我们家属区就不是家属区了!

李主任一听妇人说"捉贼拿赃,捉奸拿双",站住了。问,你没看错?那孩子真拿着他父亲的那么粗那么大的在玩?

李主任是捉过奸的。一日深夜,有家属来告,亲眼见某干部的女人走进她自己家对面的一间房里去了。那间房里睡的是她丈夫的弟弟。那时的家属房子皆共用一长长的通道,家里人口多,有两间房的,就是房间对房间。那时的家属觉悟都格外高,警惕性更是格外高,谁家有丁点儿动静都不放过。这深更半夜的,某干部的女人进她自己家的另一房间——只需三两步就能进去,亦被觉悟高、警惕性更高的家属们知晓了。家属报告李主任，那干部的女人深更半夜的去她丈夫弟弟睡的房间，肯定没有好事！李主任问，深更半夜的，你怎么知道的？答，我睡觉都是半睁着眼呢！何况我还没睡。李主任便立即率人去捉奸。那干部的女人却是去喊醒她丈夫的弟弟去上零点班。她丈夫的弟弟在井下挖煤，恐睡觉睡过头误了进班。

李主任虽没捉住奸，却闹得满矿风雨。李主任虽然仍振振有词，说那干部的女人的弟弟挖煤每月有三四十块钱工资，难道连买个闹钟都买不起啊？！还要她去喊啊？！但暗地里还是告诫自己，以后碰上这种事，还是得查证情报的准确性。故而这套套一事，她得问清，再问清。

那妇人当即说，哎呀，李主任，你去看看就知道了嘛！我硬是亲眼看到！

李主任被拉去一看，果然！遂大怒，迅忙地告到工会。是夜，那工人被通知不用下井，接受家委会批判。那工人不知就里，懵里懵懂，不晓得为何得罪了李主任，待听到批判他的家属说，你给儿子玩的那号脏东西我们是从不用的……方明白是那套套伤了风化、败坏了家属区，立时跳了起来，冲进自家，将尚未给孩子玩耍的套套找出，一把甩到李主任脸上，说，给你用，给你和你老公去用，看你老公的有炸药大么？工会主席是下过几次井的，一看那套套，非李主任所说干那事的套套，情知李主任这回又是"捉奸拿错了一双"。但工会主席毕竟是工会主席，略一怔，旋正声道，这虽不是干那号事的套套，但这是公家的套套，你将公家的套套拿回家，侵占公物！

自此，家属区再未出现过玩那号套套和公家套套的事。然井下保护炸药用的套套却被更多人私藏于家中……

鸟儿

一纨绔子弟专好炫耀他的鸟儿,却又容不得人家识出那是什么鸟儿;并放出口风,云有女子若能识出他的鸟儿来,便娶她为妻。

纨绔子弟此举实属浮荡,然纨绔子弟的银行户头上是有大数字的,因而自然亦有应征者上门。

头一位应征者很有几分姿色。纨绔子弟一见即觉满眼生辉,竟忘了立马要那女子识别他的鸟儿。待到那事儿做得差不多了,要入洞房时,猛然记起自个儿立下的条件,遂掏出鸟儿问道,你看这是什么东西?

女子看一眼,低下头,不觉好笑,心想,这个呆子怎么也能发大财,蠢到拿个麻雀鸟儿要我来识别!却又不得不轻声回答说,你那不就是个麻雀鸟儿嘛!

女子的话原本娇柔清脆如流水击磬,很动听的,纨绔子弟却大为恼火。他的麻雀鸟儿被识破了,他因此就认定这不是个好女人。

第二个女子如是,第三个女子亦如是……

到得第八个应征女子时,她早已探听得纨绔子弟虽说是要人认他的鸟儿,其实是容不得有人道破他的鸟儿;遂当纨绔子弟又掏出鸟儿来时,她倏地把双"对子眼"睁得特大,作惊诧状,说道,啊呀呀,你那是什么东西呀,说它是鱼儿它不会游,说它是猫儿又无须,我是实实在在不知道这是个什么东西了。

纨绔子弟大喜,心想,总算碰到了一个好女人,便笑道,我告诉你,这其实就是只麻雀鸟儿。

先生

女儿每天迎接着先生（们）的到来。

因了女儿的迎接，店子的生意便红火，母亲的脸上便挂着退不下的笑，让人不易看见的墙角处便有一只蜘蛛儿在慢慢地牵着丝，编织着看不见的网。

母亲说那是喜蛛。

女儿不搽口红不描纤眉，女儿不作谄媚的笑不吐嗲声的音，女儿只是例行公事般喊几句"先生，您好"，将先生（们）点的菜端上桌去，偶尔间向先生（们）中彬彬有礼的一位投以些许儿笑——那些许儿笑也是一纵即逝，然女儿便有了名气。店子也因了女儿的名气而成了"女儿店"，没人再叫它原来的名字。

先生（们）说只有那个"女儿店"是个好去处。

先生（们）也说谁要能在"女儿店"中打着那女儿的主意便是福气。

先生（们）还就那女儿到底是不是枝上的原苞儿展开过争论。

这一日又来了一位先生。

女儿照旧是喊"先生，您好"。然喊完后两人皆惊愕。

是你？！

是您？！

然后便笑。一个说你变了变了，女大十八变，你变得成熟了。一个说您也变了变了，变得能进馆子潇洒了。一个说是社会的进步，咱不能老是穷愁潦倒吃一辈子粉笔灰。一个说您也没吃过什么粉笔灰，您老是带我们跑步练操，还要我做五十下俯卧撑……

那时候好单纯，女儿说。

那时候你好有味，先生说。

二人复大笑。

女儿觉得先生的笑还是那样爽朗，且更多几分魅力。

自此以后先生便常来，来了便吃，便有优惠，优惠多了便思回报。探得女儿颇爱家具，先生遂邀她去看一位朋友的新房新家具。

然先生的朋友不在。然先生有朋友新房的钥匙。一捅就开。捅开后先生就请她进去。一进去门就给关上了。

先生朋友的新房果然好，宽敞、漂亮且隔音。新房里的家具果然也好，崭新的新潮的，木材又是扎实的陈年的。先生始在那套好家具的沙发上，继而在那套好家具的浸满了爱意的豪华至极的大床上亢奋不已，且喃喃地吟诵着我爱你爱你早在那时候就爱死你了的诗句，且要亲自做俯卧撑，讲一次要做六十下。

但先生忽然就软绵塌塌的一脸懊丧。

先生说了一句话。先生说，你为什么还喊我老师不喊先生。

女儿只回答一句话。女儿说，你原本是我的老师我为什么要喊你先生。

先生就叹口气，抬起仍然灼红的眼睛往上瞅，却瞅着墙角上竟也有一只喜蛛儿在慢慢地牵着网，且越牵越密。

丈夫

于极度的亢奋、急促的喘息，如同梦魇似的迷迷蒙蒙中，宁女士听见有人敲她的房门。

却又不像敲门而像推门。

宁女士便想那敲门声与推门声的区别。

敲门声应当短促，其音铿锵；推门声应当闷沉，其音喑哑。

然而不管是敲门也好，推门也好，那门是上了暗锁的，是宁女士轻轻地上了暗锁的，是宁女士一进屋便用背在身后的双手轻轻将暗锁拧死了的。因而那门是敲不开推不开也打不开的。但宁女士有点怕。

宁女士一怕就感到那些迷迷蒙蒙的梦魇全没有了，就把头缩进被窝，不听见那些个敲门声或是推门声就不怕了。

宁女士就度过了一个不怕的夜。

然而敲门声或是推门声响起时，夜幕才刚刚降临，被称为圣洁之至的月亮还只爬上校园外池塘边的柳梢头，柳梢下的青蛙还只刚开始聒噪。

就因为其时尚早，四下里便生发出关于宁女士的些许疑惑。

——那么早就将门关死，敲也敲不开！

——明明看见她进了那屋（不说她家），再没出来！

宁女士自然觉出人们看她的眼光发生了什么变化，但宁女士实在羞于去问个明白。

日子这么过着过着就到了评先进的时候了，宁女士忽然去找她很少去找的表妹了。

宁女士要表妹帮忙。宁女士要表妹说，那个时候尚早且有敲门声或推门声的晚上她就宿在自己家。

表妹觉得宁女士实实在在的有点那个什么，但还是拍着胸脯说那个晚上我大早就宿在你家！

表妹说那个晚上天还没黑我就上了你的床。表妹说那个晚上你一回来一见到我就兴奋得不得了，也急急忙忙上了床。表妹说咱俩好久没在一起亲热了所以特别亲热。表妹说后来我就呼呼大睡了没听见敲门声也没听见推门声。表妹说就算听见了敲门声或推门声我就是不去开门又怎么的？！

宁女士就高高兴兴地去参加了评先，但宁女士还是没评上。

茶经

　　许是经常做报告的缘故，主任爱喝酽茶。
　　主任的酽茶是用一个三磅重的保温杯盛着。酽茶的制作过程如次：先置茶叶半杯于保温杯中，以刚烧沸的滚水冲入，旋倒掉杯内沸水，再冲以滚水，以盖密闭，即成。然喝酽茶最妙的是第二道，故喝光第一道茶水后，主任必亲自去冲。就为了冲这第二道茶，主任常于报告中间不得不从三楼下到二楼。
　　三楼是会议室。二楼是招待所。
　　主任在三楼会议室做报告。招待员在二楼招待所烧开水。
　　主任和招待员就成了忘年交。
　　主任和招待员的忘年交是这么建立起来的：
　　初。主任端着装有第一道酽茶的保温杯上三楼，看见招待员就说：小妞，给我准备壶滚水！
　　招待员就一笑说：只晓得要滚水！
　　继。主任端着装有第一道酽茶的保温杯上三楼，看见招待员就说：滚水准备好了么？准备升你个所长哩。
　　招待员说：误不了你的事儿，不过你得自己来，还要我送上门呀！
　　再。主任端着装有第一道酽茶的保温杯上三楼，看见招待员就说：滚水在哪里？
　　招待员就把手一指说：在那房间里。
　　于是主任在三楼会议室里"报告"一段后，就对听报告的人说：你们讨论讨论，我去冲道茶来。

主任就端着保温杯下二楼，亲自走进那间房里。

主任冲这道茶总要些时间。听报告的人始是如释重负，可以趁机轻松轻松，讨论些楼内楼外的异闻绯事；待到主任端着第二道酽茶上来，方正襟危坐、认真倾听。而主任因喝了第二道酽茶而精神倍增，连言语都爽朗许多。然渐渐地就有人发现主任冲茶有些蹊跷，会议室里放着热水瓶，为啥就不能冲出第二道酽茶来？想到那令主任精神倍增的第二道酽茶总该有些学问，便有好学之人，尾随主任而去，想偷学点冲第二道酽茶的真经。

此人一去，于窗户下果然窃取到了个中的茶经。

主任第二道酽茶的茶道泄密后，报告会上就不见了他的身影。

演员

他一上船,妞儿就感到一阵惶惑。

湖水是如同湖水一样,湖边的柳树是如同柳树一样,柳树下的小草儿也是如同小草儿一样,没有什么两样;只是探头往湖中一瞧,湖中有个颠个儿的她。

船儿其实不像船,像个翻过来的空鳖盖儿。

那空鳖盖儿动起来了,缓缓儿地离湖岸越来越远,到得它不动了时,从湖岸上看去,就真真的是个空鳖盖儿了。

在空鳖盖儿中,他端端正正坐在妞儿对面。妞儿觉得他好美,高大的身材,坐在空鳖盖儿里有一大堆;脸庞儿是方方的,颧骨儿是高高的,鼻梁儿是挺挺的,额头儿是凸凸的,总之一切都体现出了一个硬字,妞儿心里就"突突"地跳了几下。

妞儿心里"突突"地那么一跳,他就盯着妞儿说开话了。

他说的那些话妞儿似乎早就在哪儿听过,但此刻从他嘴里吐出来分外甜润,且嘎嘣脆。空鳖盖儿外就有雨点儿打下,雨点儿声声打在没有桅篷的桅篷上,湖面上就有几只野鸭扑腾腾乱跳,飞起来相互追逐相互嬉耍。妞儿觉得那雨点儿渐渐小了,怎么的就成了雨丝儿,雨丝儿怎么的就飘到了她的脸上,不是凉冰冰的,是热呵呵的,痒。有一根软软的带腥味的带儿左右搅拌,还有一种不知什么东西使她仿若碰着船头的橹把。

妞儿说,你这是干什么?

他说,不干什么,不干什么,难道你不知道要干什么?这点儿灵感都没有?

　　妞儿说,你是说带我游湖的。

　　他说,是游湖,游湖,我俩正在游湖呀!

　　妞儿说,游湖游到了船上?!

　　他说,不在船上难道还去水中。

　　妞儿再想说什么,嘴儿张不开了,只觉得憋闷得慌,天真要落雨一般。

　　这个时候空鳖盖儿就急剧地晃荡起来,翻了。妞儿就不见了。但也没有响起喊救人的声音。

流镖

一道白光疾如闪电而去，但听得"哎哟"一声，然后便悄没声息了。

那喊"哎哟"的自然是被击中的，心里明白是被流镖所伤，但无可奈何，一被击中，便神志不清了，只容喊出一声"哎哟"而已。

放流镖是他的绝招，故江湖上称他为流镖王。一提起流镖王，武林中人士皆失色，唯有"啧啧"连声。原来这流镖是与飞镖不同的。那飞镖手放飞镖，总得要手腕一抖，镖才能飞出；倘遇上高手略有防备，也就躲过去了。这流镖王放流镖，却是连手腕都不用抖的；但见他与人对阵时，或一扭腰，或一摆胯，或一抬腿，或一跺脚……天啊，简直都不知是从哪里发出来的，反正，对手被击中了。

被击中的对手只剩喊一声"哎哟"的力量。这"哎哟"，是愤怒，是哀叹，是怨恨，是痛楚，是自叹不如，是并不服气，是"君子报仇十年不晚"，是"小子好歹毒也"，是"流镖王，我×你妈啊"……

无可奈何！

一切都只在这"哎哟"声里。这"哎哟"声里，有着多少武林高手的羞耻呵！

流镖王之功夫确也得之不易，夏练三伏、冬练三九，晨饮朝露、晚吸凉风，抬头仰天，餐日月之精华；俯首视地，会大地之生气……神、气、意皆通聚于一点，然后才能随意所发、随意所到。

流镖王苦苦练了一十九载，方才成为武林中第一高手——成了第一，免不了也就露出些视天下好汉均不在话下的高傲神态。

是人就有缺点，流镖王也不例外。

然而，谁又奈何得他么？他有这绝招！

流镖王虽免不了高傲，却不曾荒怠过习功。他是深知"拳不离手，谱不离口"的哲理的。况且，高傲归高傲，"满招损，谦受益"，他也是晓得的。

某日，流镖王正在一草坪上练功。这草坪为绿树所围，下临一潭碧波，上有突兀鹰嘴石，得天独厚。流镖王慧眼识宝地，他选择在这里练功可避闲眼。

流镖王长吸一口自然之气，放松筋骨，舒缓四肢，摆下双龙戏珠特异桩，正待发功，骤然间，一股轻风似夹带着萦萦嗡嗡的碎语吹进耳朵里，顿时，他再也守不住丹田了，脑子里只觉一团糟。

流镖王情知有异——遭人暗算了，遂奋起神威，"嗖嗖嗖"向四面八方连发一十六支流镖，但见一十六道白光一闪而去。这是流镖王之绝招，非到最紧急关头不用的。一十六支流镖是朝前后左右，东西南北，东南、东北、西南、西北方向以及地、水、火、风佛家四大物质发出去的——那对手无论藏在哪里也躲不掉的，回响只能是"哎哟"之声。

然而，四周却仍是静悄悄的，一点声响也没有。

流镖王失色了。他自练好绝招出山，纵横江湖二十年，从未失过手的呀！

流镖王四面搜寻，什么也没发现，碧潭里的水仍然是那样平静无波，鹰嘴石仍然是那么兀然突立，微风未起，草木未惊。

只是，流镖王分明觉得——的的确确也是——草坪四周的树木在嗤笑着他：好你个流镖王，你算个甚也！碧潭里的水在戏耍着他：还称个流镖王哩，真是！鹰嘴石在嘲侮着他：废物，傻鳖！那天上的云、脚下的草、周围的空气都在对他嗤之以鼻。

流镖王！流镖王！！流镖王！！！

萦萦嗡嗡的碎语在他耳边不断地轰响，流镖王的脑袋像要炸开了。他只好拖着疲沓的步子一步一步往山下挪。然而无论他走到哪里，他都觉得，仅仅因为那么一瞬间，他就在人们的眼目中像变了一个人似的——平素被当作英雄看待的流镖王，霎时间变成了武林劣手，不，简直是武林败类，不，不，是不耻于武林的××了！

流镖王一天天消瘦。他烦躁，坐也不是，立也不是，不知该要怎么办才好；他心焦得像一团炭火，恨不得去和暗算他的人决一死斗——可是却找不到对象。去和谁决斗呢？这该死的既不通名也不报姓的家伙哟！

流镖王再也忍受不下去了。他对天哇哇嘶喊，那是英雄的悲号，若把它翻译出来则是：

"嗬嗬，我还不如痛快地哎哟地死去啊！"

"嗬嗬，我情愿像被我的流镖所击中的人那样呵！"

还有比这更悲哀的么？

流镖王自知快不行了，"解铃还需系铃人"，或许抱着诚心去访找那不知放什么绝招的师傅，自己还有一线生机。

流镖王不知越过了多少岭，涉过了多少水，这一日，来到一座高山下。这座山与别的山大不一样，山上的树木都呈人状，叉开的两枝像人的手臂，还有爪哩。风一吹来，那树木竟咿咿呀呀如有人语。流镖王知道这是异地，异地必有异人。他整顿衣襟，正待上山，猛听得一阵"哈哈"大笑声。

"流镖王，你不是要访找我么？"

流镖王一听，忙举目四望，却又不见人影，待要迈步，那笑声又起。流镖王顿时惊得浑身冷汗淋漓，忙一头跪下：

"高师在上，弟子该死，该死！弟子自恃有了流镖，便得罪了高师，还望高师恕罪，请高师点明弟子方好。"

"哈哈"声过后，一个声音说：

"流镖王，你放流镖，虽能随意所到，却要经过苦练；我这一手绝招，却是只需把嘴巴一张，放出些萦萦嗡嗡的碎语即可。你的流镖，只能伤人皮肉，致人昏厥；我的绝招却是伤人心。人心一伤，虽百药莫治！流镖王，你可服输了么？"

流镖王听得毛骨悚然，反问道：

"高师，敢问你练的是什么功？弟子问明白了方才心服。"

"哈哈哈哈，流镖王，若问功么？无需练的嘴巴功；若问号么？你自己去想吧！"

流镖王一听此话，心里似乎有所明白，遂站起，欲识其貌，仍未见人，只有一阵嗡嗡声传来，令他的脑壳又欲炸裂，只得顿足叹道：

"罢，罢，我惹你不起还能躲不起你？！"

流镖王从此隐名埋姓，蛰居于森林之中，免再遭飞来横祸。那流镖，故而也失传了。

大鱼

大鱼仿佛傲睨着江面的一切。

它晃了晃硕大无朋的鱼头，鼓着鱼肝油瓶子般大的鱼眼，如蒲扇般的鱼尾两边一扫，划开一条宽敞的水道，竟似飞机在跑道上欲起飞一样贴着水面往前驶去。它的鱼白色肚皮在碧绿的水面上晃耀起一片银光。

江面，出奇地静。

没有汽轮，也没有渔船；没有撒网者，也没有扳罾的人，就连一个屏息凝神的垂钓者也没有。

大鱼很有点失望。

大鱼在水面驶一阵，潜入水中。在水中，它看见的皆是些弱小鱼类。这些弱小鱼类呵，这些芸芸众生呵，这些撩不起欲望也鼓不起激情的劣等鱼们呵！

大鱼叹了一口气，尔后又以冲决一切樊篱的力量拱出水面。这回，大鱼看见江的右岸有一间小屋，一间孤零零的小屋。小屋伸出一根长长的弯曲的铁管直入江中，并发出"突突突突"的震动江水的轰鸣。大鱼不知道这是人们用来抽水的泵房，在它揣测这是什么玩意并且想去探个究竟的时候，从那间小屋里走出了一个人。

那个人懒慵慵地伸了个懒腰，打了个哈欠，双手举过头顶，很无聊很疲沓地看着江中永无休止地流淌着的清流。蓦地，那个人的眼睛亮了，像漆黑的夜空中突然拱出的两颗贼亮贼亮的星星。那个人的眼睛一亮，手臂上的肌肉立时蹦得铁紧且一跳一跳地弹跃。他把套在上身的天蓝色背心从头顶一翻而下，丢在了地上；他双手把围住羞处的三角短裤往下一刮，略一弯腰，两只脚从短裤中踏出。大鱼看见他的如磨盘一样厚实的胸脯立时鼓起两团凸凸的黑肉，两腿间的雄性之力昂起一个激越的音符。

他纵身一跃，以无与伦比的一种美丽跳入了江中。

他家是捕鱼世家。捕鱼的本领由祖父传给父亲，父亲再传给他。祖父以捕鱼为生，父亲以捕鱼为生。祖父捕鱼一世，死在江中；父亲捕鱼一世，也死在江中。他这一代绝不是因为父辈祖父辈死在江中而离开大江，他是既无可奈何又心甘情愿地改了行。

但他常有惘然若失的感觉，忧忧戚戚埋怨生不逢时，却又实实在在说不出个所以然。他总觉得自己的本领已无用武之地，只是在同事换班之际到江中游几个来回显示显示。

他总想捕到一条大鱼，一条谁也没见过的大鱼。

他在江边等了这么多年，他终于等到了这条大鱼。

大鱼似乎也在等着他。

他双手一前一后似两条飞速划动的桨，劈出一条银波闪闪的翻滚的水带。他在翻滚的水带中直朝大鱼扑去。

大鱼见他直扑而来，将鱼头往水下一沉，鱼尾一闪，潜入了水中。

他喝一声"往哪里走！"又吸一口长气，也潜入了水中。

水面很快恢复了平静，什么也看不出，好似什么也没发生。那间孤零零的小屋在岸边往后退去、退去……水泵"突突突"的抽水声也在消失、消失……

潜入水中的大鱼并没有拼命逃窜，它停在水中，身上的鱼鳍轻轻地缓缓地扇动着。它神情悠闲，它甚至在慢慢地吞吐着水泡，它吞进一口水，再从两鳃喷出去，喷出一系列很漂亮很温柔的水泡。它在静候着对手。它不用掉头去看，光凭水波的感觉它就知道一切。

他追上来了。他看见大鱼那巨大的身躯不由得好一阵兴奋。他记着父亲告诉他的逮鱼绝招，他要将两只手准确无误地扼住大鱼的两鳃，尔后骑到大鱼背上，如同驾驭一匹烈马，直到烈马筋疲力尽。

他低估了大鱼。就在他以双手向大鱼扼去的那一瞬间，大鱼将头往下一探，竖起大尾，"啪"的一下横扫过来。

来不及躲闪的他，被大鱼尾巴扫中头部，脑袋顿时"嗡嗡"直响。

大鱼见尾巴一击已告成功，疾转身子，在水中来了个柔软的三百六十度转体，挺直头，由下而上直朝他的肚子撞去。

他不知道，这条大鱼也和他一样，早就盼望着能有这么一天，能在这静谧的深邃的属于它的世界里搏击一场，击败真正的绝非草包的对手！它早就看出了来者的强悍，它也似乎想到了它的父辈、祖父辈输在这种叫作"人"的动物手中的情形。这一回它要赢，它要逼迫这个人狼狈而逃；否则，就要他葬身水底，成为鱼们的腹中之物。

大鱼直朝他肚子撞击而来时，他确乎有点慌神，祖传下来的什么绝招也用不上了，他唯一的办法便是逃遁——双脚一蹬，往上一冲，冲出水面，游回那间孤零零的小屋去，等待下一次的机会。如果这样，他便是输了，尽管无人知道，但他自己知道。

他不能输！

他不愿意输！

他索性也和大鱼撞他一样地往大鱼撞去。他将脑袋往下一钻——他也如同一条大鱼。他将和大鱼较量，较量人头和鱼头哪个强硬！如果那条大鱼能张开大口，他宁愿将脑袋直塞进去。

他和大鱼却未能相撞。不知是大鱼见他那么亡命而略微移动了一下鱼身，还是他自己在撞击时偏离了一点方向，总之是擦身而过。但就在擦身而过之际，他猛地伸开双臂，一把箍住了大鱼……

他不知道，被他箍着的是一条母鱼。他更无暇去顾及，当他箍着母鱼时，母鱼肚子里的鱼卵便像无数晶莹的珍珠喷薄而出，纷纷扬扬，洒在碧绿的江水中……那将又是无数的大鱼！

水面，仍是那么平静。

当那间孤零零的小屋又来了换班的，才发现他的一件背心、一条短裤。

三天后，他和大鱼一起浮上了水面。

大鱼被他直直地箍在怀里，头和尾都被箍得往外翘了起来。

人们费了好大的劲才将他和鱼分开。当他静静地仰面朝天躺在河滩边时，那个雄性的音符兀自激越不已。

无花之忆

马路

教语文的黄老师戴的那副深度近视眼镜，真正的如同酒瓶底一般。她戴着那副如同酒瓶底一般的眼镜教语文时，还要把教本凑到鼻尖处。

因了黄老师这个特点，学生们特喜欢黄老师。黄老师一捧起教本时，他们就可以在语文书上画长有胡须的古装小姐、背上插有四面小旗的赵子龙，还可以偷偷地看《封神演义》《杨七郎打擂》。

黄老师站在讲台上讲课时个儿显得很小，坐在讲台上监视学生自习时个儿也显得很小。学生们那时尚不晓得那叫小巧玲珑，只觉得黄老师和他们年龄最小的同学个儿差不多就成了老师，很令人佩服。

黄老师最爱在课堂上评说作文。黄老师评说作文时总要先拣她最满意的诵读一遍。黄老师读她最满意的作文时将作文本凑到鼻尖，读到精彩处就把作文本挪开，或咧开小口露出白白的牙齿笑，或摘下酒瓶底似的眼镜，哈一口气，擦。

黄老师摘下眼镜时，学生皆惊愕，原来她那双眼睛一离开眼镜就见不得光，苍白而又浮肿得如水蜜桃，令整个人走了样。学生们好生奇怪黄老师怎么会有一双那样的眼睛，直到他们也戴上眼镜后方晓得个中缘故。

黄老师有次评说作文时发了大火，将一位大龄降班生同学的作文本往桌上一摔，小而短的手颤抖着重重地拍在桌上厚厚的一沓作文本上，气咻咻地说，走路都不会走就想飞，句子都写不通，就写什么诗，鬼诗！还波淼，波三水！黄老师将丢在桌上的作文本拿起，像怕弄脏她的手一样只用两个手指头拈着，偏那指头正指在署名波淼的降级同学那诗页上。黄老师就那么指着给学生看，说，你们看，你们看波三水！

"波三水"呆呆地站着，弓着背，垂着头。"波三水"个子很高，他那么弓着背垂着头的样儿，使同学觉得他很好笑又很可怜。"波三水"成绩特差，至少得两门功课的分数相加才能达百把分。同学们大抵看不起成绩差的，所以无人去同情也无人去安慰，所以也就不知道他到底是像立场坚定者面对敌人审问那样在心里说你不准我写诗我偏要写，还是像叛徒那样自认错后再不搞了。

后来的事实证明"波三水"同学没有屈服。他又降了一级，降了一级后他仍然写诗。后来他在报刊上发表了赞歌和骂歌，再后来就进入编辑部，成诗人了。

成了诗人后的"波三水"回到学校里去看黄老师，黄老师不在学校，"波三水"于返程的路上却遇见了她。"波三水"这下才真正感觉到她是那么瘦小那么羸弱。她走在那条仍然是煤灰飞扬的马路上，于寒风中将一双手拢在衣袖中，右胳膊弯处挂了一只买菜的篮子，篮子里放了一蔸白菜两根萝卜。令"波三水"惊异的是，她没戴那酒瓶底似的眼镜了，而且走路一点儿也不磕磕绊绊。"波三水"喊了声黄老师。黄老师应着。"波三水"说，你不用戴眼镜了？！黄老师说年纪大了视力反而好了不用戴眼镜了。"波三水"以为黄老师认出了他，其实她并没认出。"波三水"正要说当年的事，黄老师已沿着那条煤灰飞扬的马路平静地走了。

投降

龙副校长算是煤矿职工子弟学校的创始人，可直到从一年级读到初中毕业的学生离开学校时，他还是个副校长。这届毕业的同学离开学校把学校忘得差不多了时碰上个从学校出来的人，一讲龙副校长，还是个龙副校长。

然人皆喊他龙校长。凡带"副"字的"长"被人喊时，那"副"字皆省略，这对龙副校长也不例外。

龙副校长为人严谨至极，同学们似乎从未见过他开怀大笑；龙副校长穿着朴素至极，同学们似乎从未见他穿过新衣服。龙副校长又是一年到头都在思索着问题，那些不知是什么问题的问题似乎永远令他思索不完。关于龙副校长思索的问题，说法有二，其实为三：一说龙校长还未结婚，他是为找对象而思索不已；一说龙校长早就结了婚，老婆是农村的，龙校长为老婆的农村户口而思索不已；一说龙校长家庭出身不好，龙校长是为出身问题而思索不已。且三种说法都有论据。未结婚论者云，龙校长是单身一人，从未见过有女人上门；已结婚论者云，龙校长于寒暑假总要回老家一趟，那便是去看女人；家庭出身论者云，龙校长革命几十年了还是个非党员，因为是非党员所以当不了校长只能当副校长。而且他这个副校长没有什么权，还不如那个易教导主任。

这三种说法均有些道理，反正龙副校长是个永远思索着的人。

然龙副校长忽然之间少了许多思索，脸上竟不时缀满笑意，且大热天终于脱掉长裤穿出了一条西装短裤，那条西装短裤的的确确是新置办的。

后来同学们才明白，那是因为来了女罗老师。

女罗老师爱笑，笑起来声音如银铃般脆响，像龙副校长这样从不笑的人听她一笑也露出笑来。

女罗老师还爱坐于那株有蝉鸣的大槐树下乘凉——使得龙副校长这样从不于槐树下乘凉的人也到了槐树下。

那时槐树开满槐花,白白的小小的一串一串的喷香喷香。然而槐树上爱长一种浑身肉坨坨的猪婆虫,有次就掉下一条猪婆虫,正好掉在女罗老师脚下,吓得女罗老师尖叫,跑了,且再不去槐树下。槐树下就再也没有乘凉的人了。

后来女罗老师再未在学校出现,龙副校长就又恢复了原来的思索状。

龙副校长恢复思索的第二个学期,一个班的同学毕业了。临近毕业时,学生们不知怎么的都学会了买一个小本本相互题词留念。一个十三岁的同学也买了一个小本本,请同学题词,请老师题词,还请了龙(副)校长题词。

龙副校长给这个十三岁的学生的题词是:

举起你的双手,向无产阶级投降吧!

雨打芭蕉

雨打芭蕉,雨打芭蕉……

确也似雨打芭蕉——只不过那淅沥淅沥的雨点,是打在梧桐树叶上而已。

满街的灰尘被雨点镇住,整个世界就显出几分清新,连那长长的公共汽车也似乎安静得多了,"嘀嘀"的喇叭声、"隆隆"的轰鸣声,音阶并没降低,但不那么嘈人了。饱尝了灰尘、噪声之苦的人们,在雨点中,不慌不忙地踱着、踱着,像要多吐出些故,多纳进些新。当然,自动雨伞是撑开在头上的,红的、绿的、黄的、花的……像一场春雨过后,山上撑开了顶冠的野蘑菇。

这是黄昏,黄昏的街上。街上的人流中,多了个他。

他未打雨伞。

雨滴是公正的,毫不偏袒他,一点一点往他头上身上打,但又是轻轻的,似怕弄痛了他。

他也是慢慢踱着,只把双眼微眯起,使劲望着前方。

前方,一栋新建的大楼。两旁,一棵挨着一棵的梧桐树。雨点打在梧桐树上,却如同打在他的心上。

那红伞,缀着花点的红伞——不,不,那时没有这种"咔哒"一声就张开了的伞——那时,她有一把小巧的钢骨花布伞,红花碎点儿,红得艳人,花得耀人……

红伞拢来了,拢来了……

蓦地,一团红火腾起,霎时烈焰腾空,喊声、哭声、骂声、冲锋声、刀枪棍棒的撞击声……火焰把那座大楼吞噬了，一条条巨幅标语在火焰中飞舞，化成了黑色的灰烬还在飞舞，裹着那从楼上坠下来的一把红伞。张开的红伞，霎时间满是污垢。

……

起风了。梧桐树叶晃动起来，积聚在叶上的雨点扑簌簌往下落；起风了，空中的雨点变成了雨丝，像那双手，轻柔的，轻柔的……

不知哪里放起了粤曲《雨打芭蕉》。《雨打芭蕉》！还真响起了这支曲子！不过，他听得出，这是双卡录音机里的声音，不是留声机，不是唱片。这是她最喜爱的乐曲，也是他最爱听的。

红伞、花伞……在这雨中，在这街上，在这黄昏中。伞变了，梧桐树高大了，只有雨点未变，只有黄昏未变。倘若来了风，雨点也只变为雨丝；倘若到了冬天，黄昏也只是提前。

然而，风又停了；然而，这又是春季！

雨点小了，但仍在轻击着梧桐叶。

雨打芭蕉，雨打芭蕉……

老空

星期天,我的收发室里来了个瘦老头。他瘦得像根干豆角,背还往上耸起,耸得衣服后领到了耳朵边。瘦老头挺勤快,一来就帮我清理信件报纸。为了不使他在我这里感到乏味而提前歇手,我便讲起了我们的老空的故事。因为平时每当我一打开收发办公室的门,第一个进来的准是老空。

老空一表人才,快四十岁的人了,白白胖胖的脸还光滑得像个鸡蛋壳。老空其实姓孔,可他那个孔字总被人念成去声,他很高兴地应着。于是我也喊老空,他也很高兴地应着。

老空性格温和,待人和气,随随便便,没有一点干部的架子。唯独有一点使我不太高兴,那就是老爱查我的户口。

老空一进来,总是右手端杯热茶,左手夹根烟。他往我那把木椅上一坐,眼睛微微闭着,左腿也不架到右腿上,而是大叉开一个八字,重心都压在那木椅上,只是一只脚尖轻轻地点着地板,像练习踏风琴;右手夹的香烟不时送到嘴边巴一下,然后向上吐出一圈圈烟雾。眼睛是绝不看那烟的,香烟也绝不会烧着手。剩下约十毫米长的烟蒂时,便自然而然地掉到了地上。烟蒂一落地,左手端的茶杯便送往嘴边,一口茶下肚,他就开始查我的户口了。

"小鬼,今年多大了?"

"家里有几个人呀?"

"老家是哪里的?你父亲是干什么的?喔喔,能到这里来不错呀!"

……

我拍胸脯担保，老空的耐烦心是天下第一的。他问这些事从不感到厌烦，头天问清楚了，第二天还是问这些。

有时我不耐烦了，懒得理他。他也不生气，反而问得更起劲。我要是斥他一句，他便乐得哈哈大笑，笑得连茶杯里的水都淌了出来。

"喔，喔，嘿嘿，小鬼，有意思……小鬼，你讨婆娘了没有？"

老空其实是来等着拿报纸看的。恼火的是，邮局的报纸非得要到十点钟才到。报纸来了后，老空一接到手里，好家伙，那真像饿极了的蚕宝宝见到新鲜而又肥嫩的桑叶，立即迫不及待地"沙沙沙"地啃了起来。一沓报纸，不消十分钟他就全"啃"完。

老空拿着报纸走了。一会儿，门外便响起了他的哈哈声。这一定是他见到或听到了什么有趣的事。一听见他的哈哈声，我赶紧坐到那木椅上，免得他进来后我又要罚站。老空果然就进来了。他的涵养好，没有凳子坐也不见怪，就靠着大木柜，一只脚在前，一只脚在后，后腿膝盖处微曲，前腿伸直，前脚尖又轻轻踩起了"风琴"。当我一站起来清理信件杂志什么的，他那只踩"风琴"的脚往前一伸，用脚尖把椅子勾了过去，又大叉开八字半躺半坐下了。

老空说过，只有他看得起的人他才常去坐一坐，他看不起的人请他去他都不去。老空看得起我，所以老到我这里来坐，因此绝不能说他的空话，关系可千万不能搞糟。听说一到了评奖或评先进时，是要广泛征求意见的，老空有当然的发言权。尤其是评工资升级，上面把升级对象的名字都打印好，发给各个科室，大家便在那些名字下面画圆圈，圆圈越多者升级越有把握。得罪了一个人就会少一个圆圈，那可是关系前途的重要大事！而听说老空每逢开会时常常滔滔不绝，颇能左右形势的。

老空就在我的收发室里又发表"演讲"了：

"什么玩意，唉，连老头的西瓜也抢，卖鱼的用注射针管往鱼肚里装水……唉，什么乱七八糟的都出来了。"他微微摇头，不住地叹着气。

"又要提拔好几个科长，那号水平！"他的右手在椅子上轻轻敲了起来。

他的左手竟然颤抖起来。

接着是一阵沉默。

突然，他整个身子都晃动起来：

"穿山沟……化冰雪……我勇往直前……"

那嗓音虽压得很低，但的确是在唱戏。我听得出。他的两只脚尖在地上急速地敲打着，不像是踩风琴了，倒像是敲鼓。最后他右手猛地一挥。我明白了，是抽马鞭子，他要策马勇往直前了，那脚尖敲打的定是马蹄声了……

我把报纸、信件清理好，就要去分送，收发室的门自然要关的。老空也毫不见怪，慢慢地站起来，出去了，又踱到别的办公室，到他所看得起的人那里去了。

临下班前，老空必定又要到我这收发室来，一进门，又在我那木椅上坐下，但心绪总是比较兴奋，慷慨激昂地数落开了如今的电影、戏剧，以至小说。不到下班铃响，他是绝不会先走一步的……

终于有一回，老空没到我这收发室来了。开始我觉得他不来倒清静，后来总觉得一天像缺了些什么，像炒菜少了一味调料。

"老空到哪去了呢？"我问瘦老头。瘦老头的嘴巴竟开始蠕动，喃喃起来，好像是对我说，又像是自言自语："是的，是的……可那时，唉唉……"

唉唉声变成了咳咳声。

这是什么人说的话?

我不由得大吃了一惊,睁大眼睛,重新打量起瘦老头来……

爱嫂

通往山下食堂的那条路，有二百九十七级石头台阶，有一个女人正一级一级地往下挪。

石头台阶结着冰。女人穿着双扎着稻草的套靴，左手撑一根木棍，右手挽一只潲桶，潲桶里盛着煮得稠稠的稀饭。

女人小心翼翼地横着走，先探出左脚，踩着下一级台阶，脚掌转一转，踩稳；再伸出木棍，撑牢，尔后移下右脚。

天空透出些许明朗，雪地便明晃晃地刺眼。

从石头台阶旁的公共厕所男间出来一个人，一边扣着裤裆间的扣子，一边说：

"爱嫂啊，还要下山啊？"

"是的哩！"爱嫂放下右手挽着的潲桶，站稳，用左手衣袖擦了擦脸，喘口气，回答说，"不去不行哎。"

"小心滑跤子拜年嗬！"

"是的哩，这个鬼地方，连条平路都没有。"

"来耍一耍，爱嫂。"那人松开扣裤扣子的手，朝四下望一望，压低声音，"房子里就我一个人吔。"

"下次来，下次来，莫师傅，你没回去看老婆呀？"

"老婆有什么看手[1]啰，还不如看你。"

"莫师傅又讲笑话，你那老婆，嫩葱样。"

---

[1] 手：湖南一带的方言中，"手"常附在动词后面，变动词为抽象名词，表示动作行为的价值、必要性，相当于普通话中附在动词后的"头儿"。

"嫩葱也当不得你那两块水豆腐呀！"

爱嫂就笑一笑，不搭，提起潲桶，迈脚。

"你真的不去耍呀？！"莫师傅又问。

"没得空哩！你没看见我要做什么呀？"

"那你好走，打转身时来啰，我在宿舍等你。"

"那你就等着啰。"

莫师傅见爱嫂下了几级台阶，才往宿舍走，边走边嘀咕："在我老莫面前装得蛮像！"

爱嫂身胚武高武大，个子高大，脸模宽大，两只奶子也大，崽女也已长大，最小的都有十三岁了，却全不出老，皮肤还是白嫩得出奇。就因了这身胚子，这副嫩皮肉，使她犯了不少男女关系的错误，在招待所当服务员的职务也给撤了，放到食堂养猪。

撤她的服务员职务也好，要她养猪也好，爱嫂全无半点怨言。她说人生下来就是要做事的，到哪里还不是做呀！所以她无论是当服务员也好，养猪也好，总是兢兢业业、勤勤恳恳，以至挑半点儿差错不出。领导对她的看法是：那个女人，除了那个×毛病儿外，其他也没有什么毛病！

爱嫂是下山去喂那一窝小猪仔儿。

那头老母猪下仔也不挑个时候，偏挑在天寒地冻时！一下下了六个，喜煞了爱嫂。她要将猪仔儿带回家暖着，她那个比她的身胚整小了一半的男人死活不肯，讲她要把猪仔带回来，非一只只用脚踹死不可！

男人正和她闹离婚。

男人受不了那种窝囊劲儿。上班，一打瞌睡，背上被人用粉笔画了个大王八。那画王八儿在班组本是常事，任人都被画过，但画在他身上，他就敏感，立时想到了自己老婆，立时有一种羞耻感。他发脾气，吵闹，却又找主不到，一个个皆不认账。走到路上，人家和他打招呼，亲亲热热喊："邹师傅，这向好啊？！"他一听那话儿，带刺。是刺他有着那么个老婆！但要他去活捉拿双，他又没有那个胆量，也曾偷偷地侦探过几次，又没探着个什么真事。不过他心中确是有数，那些个什么科长管理员，都跟他老婆有过一手。

邹师傅就只能在家里发火。他希望老婆能当着他的面承认自己的错误，只要写下保证书，保证以后再不犯那个×错误，他打算也就既往不咎，从宽处理。偏偏老婆又不买他的账，一吵起来，爱嫂说：

"谁叫你就那么个鸟劲儿呢，自己无能耐，软不溜秋的，白变了个男人！"

他气极，上前就想掴老婆几个扎实的耳光，却又怕打老婆不赢，越发损了自己男子汉的名声，就只能大叫："离婚，离婚，非离了不行！"

他一喊离婚，爱嫂非常平静，伸手掠一掠头发。

"离就离，离了你我还不能过呀？我比跟着你过得更好！"她还要狠狠横一眼。那眼一横，横得邹师傅又软了心。

"唉，唉！"他在心里恨恨地骂，"荡妇，荡妇！老子前世背了时。"

为了小猪仔，爱嫂和男人动了真格儿的。男人活生生扯掉她一大把头发，且在她那稀软如豆腐的肚皮上连踹三脚；她则血淋淋地抓了男人满脸指甲印，害得男人对人说，他妈的邹师傅我昨夜撞到矿车上，好险！

离婚便这么开始了，虽然还没去打离婚证，但爱嫂已口头宣布离婚。爱嫂口头宣布离婚的这天晚上，男人又来到她的房间里，徘徊。不停地徘徊。爱嫂则坐在床沿上，不动。一动也不动。爱嫂的二女儿心疼妈妈，便坐到妈妈身边，也不动，只是不停地安慰妈妈，一直安慰到夜里十二点多钟，安慰到邹师傅终于不再徘徊，回他自己的房间去了。后来专做妇女工作的矿长的老婆说，没见过那么一个哈宝[1]女儿，明明晓得她爷老子是想和她翁妈[2]睡觉，她硬守到那里一动不动！也快二十岁的人了哪，那么哈！

邹师傅虽然没能和已经口头宣布离婚的老婆睡上最后一觉，但还是赢了，爱嫂未能将猪仔抱回家。爱嫂便熬了一锅稀饭，还将买给男人吃的写着能益精壮阳、滋补虚阴的鹿尾巴精彻底敲碎，全倒进稀饭里，一边倒一边念：我叫你个壮不起阳的去壮阳！

爱嫂提着掺有能壮阳的鹿尾巴精的稀饭，好容易挪下了二百九十七级台阶，心里松了一口气，那脚就迈得快了些，脚一迈快，"哎呀"一声，一滑，打个趔趄，高大的身躯失去平衡，一屁股跌坐在地上。

装着稀饭的潲桶，倒了，流一地。

爱嫂这一跤，跌得好重。一爬起，脑壳直嗡嗡，眼前无数金星在飞舞，赶紧闭上眼睛；再睁开，只觉黑圈圈如波纹般扩散开，大圈套小圈，一圈又一圈。等到黑圈儿不见了，她哎呀一声，就双腿跪在冰地上，赶紧捧稀饭。

有人路过，站到她面前。

"爱嫂，你拜年啊？！"

爱嫂顿怒。

"我拜你娘的年，拜你老娭毑[3]的年！"一边骂，一边喊，"我的稀饭哟，我掺了补药的呢！可惜了，可惜了呢！"

那人觉无味，悻悻然而去。

爱嫂将稀饭一捧一捧捧起，又用手在地上扫，扫拢成一堆，再捧。捧得干干净净，提起，拄着棍，一瘸一拐走进食堂猪场。

1　哈宝：方言，意为傻瓜。
2　翁妈：方言，对老年妇女的尊称。
3　娭毑：方言，意为祖母。

猪们一见爱嫂，竟如通晓灵性一般，齐齐地拱动起来；爱嫂一见猪，脸上笑开，在这头猪背上拍一巴掌，在那头猪耳朵上拧一把。

"莫慌，莫慌，"爱嫂喊，"现在还轮不到你们，给我乖乖地待着，待着，不要乱动，啊，不会亏待你们的，等下尽你们胀！"

一头猪伸出长嘴巴，直拱爱嫂手中的潲桶。

"哟，这可不是给你吃的，这是给大宝吃的。大宝养了崽，有功！谁叫你不会养崽哩，你个骚猪公！"她将这头猪的嘴一打，被打开的猪嘴巴就直拱她的小腿。

"呵呵呵呵。"爱嫂痒得笑，直骂骚猪公、骚猪公。

她把潲桶提到那大宝面前，蹲下。

"大宝大宝，给你营养营养。"她一边说，一边双手捧捧稀饭，递到大宝嘴边。大宝就在她手心中吧嗒吧嗒舔，舔得爱嫂又好痒，又呵呵呵呵地笑。笑完，骂：

"大宝你也是个壮不起阳的家伙！"

她抱起一头小猪仔，撩起围裙，把猪仔轻轻地、轻轻地擦了又擦，搂到怀里。

"小毛小毛，老娘要把你娘的奶水发得足足的，你会有的是奶吃，用不着争抢，听见了么？老娘为了你们，掉了一把头发，肚子上挨了三脚，今天又摔一跤，痛死老娘了，长大了，要学会孝顺老娘哩！"

爱嫂服侍完猪婆娘和小猪仔，把煤灶烧得旺旺的，荷叶锅里煮上猪食，猪栏里换上新草，四周墙壁抹得干干净净，腰累酸了，坐到灶门前，伸出双手，烤火。

猪场门"砰哐"一声被关上，像是风吹的，爱嫂连头都不回，只觉得被男人踹伤的肚子还隐隐痛。

似乎有一双大手从后面伸过来，揽住她的腰，且慢慢往上移……

分鱼

要过年了,要分鱼了,在矿里过年的家属有几分兴奋,都说过年嘛,也是要分点儿鱼,才像一个过年的样儿。

福利科忙得团团转。管生活福利的史副矿长亲自主持分鱼工作。分鱼工作于头天开了专门会议研究,与会的同志有史副矿长,福利科总支书记、科长、副科长,总支干事,宣传干事,出纳,会计,食堂管理员等二十余人。会议进行了一白天,因分鱼的方案还未最后落实,晚上继续进行。至十时半,史副矿长打起哈欠来,说,就那么定了算了。总支书记也说时间不早了,明天还得分鱼,就那么定了算了。于是科长们说,定了算了就算了。分鱼的方案就定了下来。

分鱼的方案大致是:每个矿领导二十斤,那就去了二百多斤;每个科领导十斤,那就去了二千多斤;普通干部和工人家属享受同等待遇,每户五斤。除了矿领导和科领导的保证供应外,余下的就全分,有多就再多分一点,少了就少分一点。本来与会的干事、会计、出纳们都有意见,讲我们内部的也只分五斤那就太少了点,至少也得十斤,不说和矿领导比,也要和科领导差不多,只分五斤明天我(们)就懒来得了。会计还把账簿子一扬,说,你们哪个把账接去算了。史副矿长就笑笑,说内外有别,内外有别!但是分鱼方案还得那么写。大家就都笑笑,说这还差不多。

分鱼方案定了后,就得定那鱼们该如何分。鱼们有三种:草鱼、鳙鱼和鲢鱼。草鱼有五六斤一条的,也有一二斤一条的;鳙鱼有三四斤一条的，也有斤把一条的；鲢鱼有一二斤一条的，也有几两一条的。总支书记最先提出个方案：矿领导都拿草鱼算了，反正一人只有二十斤，提个四五条也像样，再搭些其他的鱼就提着也不像样了；科级干部每人搭一条鳙鱼，鳙鱼其实比草鱼没得差，肉还细嫩些。男人是个科级的女出纳就说，你倒讲得好，肉还细嫩些，那大一个鱼脑壳，去了一大半。总共只有十斤鱼，那其实就是一条草鱼一条鳙鱼，那科级干部就太吃亏。女出纳这么一讲，科长和三位副科长都点头，是这么个理。总支书记就不坚持自己的意见了，说，那你们看怎么分，怎么分？

后来经过充分讨论，认为矿领导还是应当搭一条鳙鱼，不过搭条小的。这时史副矿长开句玩笑，说鳙鱼要吃就吃大的，小的有什么吃手？史副矿长讲这话是随便讲的，因为他的鱼早提到屋里，剖干净腌上盐挂起来了，不在分鱼之列。他那一份还可以让给需要的人。但他这么一说，就有人认为对，鳙鱼头鲤鱼腰嘛！要吃就吃大鳙鱼头，炖那么一锅汤。

围绕着到底是搭大鳙鱼还是搭小鳙鱼的问题又讨论了许久，后来有人提出干脆搭鲢鱼算了，搭条大鲢鱼，二三斤。鲢鱼有二斤以上就好吃了，碎刺也不那么多了。这样每个矿领导就基本上是四条大草鱼、一条大鲢鱼，提出去就很好看了。

矿领导的就这么定了。大家都认为合情合理，说，鲢鱼也不能光归一般干部和工人吃！

下面是科级领导该如何分。史副矿长说，就这样一个问题一个问题地来解决，很好，解决一个问题算一个问题。

科级领导的比矿领导难分，每人只有十斤，这十斤如果还搭条鳙鱼，那就正如前面有同志指出的，就是一条草鱼一条鳙鱼。可如果不搭鳙鱼，全分草鱼，那科级领导还在矿领导之上了，显然是不合情理。那么就干脆也像矿领导一样搭条鲢鱼，可那条鲢鱼就算三斤吧，加条五斤的草鱼总共还只有八斤，还差两斤，那就只能还搭条两斤的鲢鱼，那就是一条草鱼两条鲢鱼了，如果两条鲢鱼还不够五斤（这个情况应充分估计到，一般两条鲢鱼是不会有五斤的），那就还得搭条鲢鱼，那就是一条草鱼三条鲢鱼了。一同志笑着插言说，那不骂娘才有鬼呢！

会议室一下沉寂下来，大家都抽烟，想。三位女同志没抽烟，但也在想，要如何才能解决这个问题。

史副矿长那沉甸甸的眼皮早已经耷拉下来，可屋里一沉寂，史副矿长反而醒了。他一醒来就用手抹一下嘴巴，似乎感觉到嘴角边好像有些湿，一抹，是有点黏黏糊糊。

"大家定吧，定吧。"他说，"是集体定的就不怕人讲空话。要是哪一个人定啊，那就吃不了还得兜着走。"

他这么一说，会议室又活跃起来。

"依我看，科级领导就分两条草鱼算了！"有人大声说。

这人说完，就开始分析就分两条草鱼的好处，一是科级领导虽然是中层干部，但也和基层干部一样，什么事都得亲自到场，他们是最辛苦的人。最辛苦的人一年到头就分两条草鱼，再怎么也是讲得过去的。这当儿史副矿长插言。史副矿长说，煤矿的官儿算个什么官呵？跟些叫花子差不多，分两条草鱼算什么，分四条草鱼一条鲢鱼又算什么，还要交钱的，唉！你们没到地方上去看看嘛，地方上的一分钱都不要出，还挑剔！还嫌这样嫌那样，还有的哈老婆还讲，哎呀呀，送起这多来，我往哪里放哟！史副矿长学着女人的声音，引得大家笑得死。

"硬是哈宝老婆！"他补一句，"你收了就莫作声了哪。"

史副矿长这么一说，讲给科领导分两条草鱼的更理直气壮了。

又有人提出，干脆就是两条大草鱼，超过一点点也算了，不足十斤也不补了，反正按实际重量收钱。

要得，要得！大家都认为这个补充意见补充得好。

史副矿长点点头，也满意，这样就又解决了一个问题。

下面就谈一般干部和工人的问题。

这个问题好像就容易得多了，剩下的就卖呗，反正一户五斤，排队，轮流来。

采购员发言了。他说现在得大致算一下账了，看还有多少草鱼多少鳙鱼多少鲢鱼。还应该摸摸底，看留在矿里过年的一般干部和工人还有多少。采购员这话本来很在理，与会的同志也都觉得应该这样，不打无把握之仗嘛！但因为只是个采购员提出来的，便都不作声。这时福利科科长发言了。福利科科长基本上是把采购员的话重复了一遍，不过加了些如果不先摸清底的话，就会造成工作的被动等等的道理。福利科科长说完后，大家就都说对，那是得先摸摸底。

与会的就各自摸起底来。一摸，觉得单身职工基本上是回去了，留下来加班的反正在食堂开餐，食堂给每一个单身职工发了一张三元钱的优待券。那就只要算留在矿里的家属户了——家属户也走了不少。

"摸清楚点哪！"史副矿长提醒一句，"万一不够分就麻烦哪！"

于是就一栋一栋家属房子来清，清来清去满打满算也不足四百户了。一户分五斤，也只要两千斤就够了。

于是有人提出，是不是矿领导和科领导每人再加几斤。

"定了就定了，不要再推倒重来了！"这回史副矿长说得很坚定，"研究问题老是磨来磨去还行？这工作还怎么搞？明天还要不要分鱼了？"

他看看手表，已是凌晨二点五十七分了。

"那就每户再加几斤吧！"

"干脆，每户也是十斤，享受科级领导同等待遇，这样就不会有一个人有意见。"

这意见本来得到大家的赞成，可采购员又补了一句。采购员说，每户如果分十斤，那鱼又不够分了哩！

"不变了，不变了，还是每户五斤，剩下的没卖完的再喊广播要他们来买嘛！"史副矿长有点火了，说完后便咕哝一句，"变来变去的还要不要工作效率。"

史副矿长这么一说，提出给每户再加几斤的就不作声了。于是这个问题就这么定了。

这每户的鳙鱼和鲢鱼又怎么搭配呢？

"一条大鳙鱼搭两至三条小鲢鱼，五斤也就有多了；一条小鳙鱼搭两条大鲢鱼，五斤也就不会少了。"

这个提议也一下就通过了。

与会的大部分同志都嘘了口气。

与会的大部分同志刚嘘了一口气，又有人说，所有的工人家属都分的是鳙鱼和鲢鱼，若是还剩下些草鱼怎么办？

"是啊是啊，肯定还会剩下些草鱼！"

围绕着还会剩下的草鱼，大家又展开了讨论。但都没有人能拿出个十分完善的意见。最后还是史副矿长有点不耐烦地说，剩下的草鱼就归你们内部处理算了，你们内部再拿出个意见来，不在这个会上研究了！

一听史副矿长说由内部处理，大家都满意。大家都满意后，就都没有话说了。都没有话说后，就像绷得太紧的弦突然松了一样，大家都不由自主地看起手表来。

这一看手表，才感觉到时间确实不早了，也确实困倦了。

"散会散会。"就有人喊，"再开就天光了。"

但是还有许多问题没有落实。矿领导的鱼还没分好称好，科领导的鱼也没分好称好，明天一开始卖鱼，那就只能集中精力去卖鱼，一天就会卖过去了。给矿领导和科领导留的鱼太留久了也不好，鱼要吃新鲜，虽说天气冷不会坏，也怕走胆。

"这样吧，我们几个科领导再商量商量吧，其余的同志就先散会算了吧。"

其余的同志就一哄而起，往外走。

"明天早点来嗬！"总支书记又喊。

留下的同志一边将矿领导和科领导的大草鱼、大鲢鱼分到一边，一边又就还有些牛肉的问题进行了具体研究，经过充分讨论，最后决定牛肉的问题就在矿领导和少数科领导中处理算了，而且统一口径，不对外讲了。此外还有些冬笋、香菇、木耳之类的，也照比牛肉问题处理……

上午十点多钟，本来一天只在早、中、晚响三次的矿广播站突然响起了音乐。这音乐一响，人们就有点紧张，因为未在规定时间响音乐，大抵是井下出了事，接着而来的便是喊临时通知，要有经验的老工人某某某、某某某……速去井下。可这次音乐过后，响起的却是卖鱼的通知。卖鱼的通知的大致内容是：为过好春节，矿福利科为职工购回了一批鲜鱼，请同志们去福利科购买……

女广播员连续念了三遍，念得清脆还有点感情。

人们松了口气，就赶紧提着桶子篮子去购买鲜鱼。福利科卖鱼的窗口外挤得里三层外三层，桶子篮子齐齐举过头顶，往那窗口子塞，似乎只要谁的桶子篮子被里边的人接着谁就能先买到鱼。也有人喊过几声，不要挤不要挤，排队好不好，反正是按计划卖；但喊了那几声也就是喊了那几声。

路上便出现提鱼的人。有人问这鱼好不好，便回答说这鱼还可以，比到三十里外的县城去买一斤还便宜几分钱。问的人就赶快去挤。于是家属房到处是剖鱼洗鱼的。于是到处弥漫着一股鱼的腥味。

志

志者，记也。

匍在书桌上的老熊终于在稿纸上写下了这么几个字。他放下笔，站起来，摸起摆在桌上的一支烟，叼到嘴上，"嚓"地划燃根火柴。

志者，记也。

尽管这是清代方志学家章学诚的话，但只有放在老熊要写的这篇文章的开头，才是它最恰当的位置。

接下去该写"乱世筑城，盛世修志"了。

真是搭帮盛世修志呵！这一修志，县里要抽调全县最过硬的笔杆子，就像修志需从故纸堆里找资料一样，就把老熊给找出来了。

老熊尚在被喊作小熊的时候，他的文章就在县报上过头版头条。翻一翻那二十世纪五十年代的县报吧，翻一翻，看！再翻一翻，看！他老熊的文章该有多少呵！可后来……

志者，记也。

老熊不愿去想那后来，老熊想接着往下写他的正文。可是又不由自主——后来，那一摞一摞的领导讲话、报告，一本一本的先进人物汇编、模范事迹汇编、"大跃进"歌谣汇编、学雷锋典型汇编、责任田汇编、女英豪汇编、经济杠杆汇编……

哪一个讲话、报告、汇编没有他老熊的心血呢？

可哪一篇有他老熊的名字呢？没有，一篇都没有！全是领导、单位的名字。

在这些讲话、报告、汇编中，老熊抽的烟，又该有多少呵？每天至少两包。去算算，算算！老熊总爱想到马克思的名言。马克思曾经说过，他的《资本论》的稿酬，抵不上他抽雪茄烟的烟钱。只是，马克思既然这么说了，那么《资本论》就总还有些稿酬，老熊的讲话、报告、汇编呢，却连一根香烟的稿酬都没得。当然，不能比，不能比！怎能跟外国人去比？老熊也不无诙谐。

终于，老熊连讲话、报告也不用写了，汇编也不用编了。

老熊初始高兴，总算熬到可以写自己的文章署自己的名了，继而发愁，自己的文章到哪儿去发呢？县报早就没了，地区倒是新办了一张报，可没有一个熟人……老熊正有"报国无门"之感时，县长突然亲自登门来请他出山了。县长亲自来请，在老熊是生平第一回。尽管这个县长也是退休了的。但退休了的县长来请他这位退休了的一般干部，那面子，也已经够大的了。

退休了的县长受现任县长兼县志总纂之聘，担任了县志副总纂，县志副总纂便来聘请老熊，要他出任县志某一编的副主编。

尽管仍然是个"编"，但这编地方志的，需德才识俱备。到哪儿去找这德才识俱备的呢？老熊是再合适不过的人选。论德，他老熊从没犯过半点错误，虽说也上台挨过斗，但那挂的牌子只是个黑秀才而已，男女作风问题，他连边都没沾过。如今就更不用说了，他自己清楚，本身早无那个能力。论才，黑秀才还不是才么？虽说没有文凭，评职称难矣难矣，但老熊已不在编制之内，不会有评职称的是非之争，单就县志办的内部团结来说，这也有利于安定。论学识，但听老熊念一句"横术何广广兮"，如今的人，有几个能解释得清？

老熊德才识俱备，退休的县长——县志副总纂，就登门求贤来了。

退休的县长来求贤，老熊焉有不出山之理？

老骥伏枥,志在千里;烈士暮年,壮心不已。老熊蓦地想到曹公孟德的诗句,心里那股豪情,不能不油然而生。古之修志者,翰林学士也。今之修志者,不但得党和人民的信任,而且是德才识俱备。编史修志,名垂千古。任何书都面临着一个接受时间考验,接受淘汰的问题,唯独志书不然,一代一代地传下去。千秋大业,打基础的工程,为两个文明建设服务,存史、资治、育人……中国第一任驻美大使,赴犹他州访问时获赠一套《柴氏家谱》……

了得!只是这位大使的家谱怎么在美国,难道中国反而没有?不管那些,不管那些……

志者,记也。

然而,得志者不修志,不得志者修志。不知为什么,老熊兴奋的脑子里又突然闯进了这么句话,古人传下来的话。

老熊兴奋得有点发热的脑子顿时凉了下来。他喟然长叹一声,将已握在手中的墨笔掷于桌上,在屋子里转起圈来。这一转圈,老熊心里又激动起来,房子是新分的,两室一厅。家具虽然不是新制的,但摆设得整整齐齐。若不是亏了这修志,能住进这号新房子来么?副总纂、副主笔,享受副科级待遇……其实早在三十年前,就应该是这个级别了,可一直没有这个级别,能怨谁呢?

天将降大任于斯人也,必先……

老熊以前爱吟这几句,就是搭帮爱吟这几句,他才坚持到了终于没有讲话、报告可写,没有汇编可编。只是这一"必先",他已"必先"得鬓全秋了!

老熊也曾想过写小说,写自己的"必先",那"必先"之中,有着他多少的煎熬,多少的嗟叹,多少的经验呵!他还想过,就凭着这些别人没有经历过的"必先"的小说,说不定能一举成他个大名,那一成了大名,哎呀呀……老熊便也曾写过几篇,也往外投寄过,但都被退回来了,只是多了一张打印的退稿单。

老熊重新在桌子前坐下，重新握起了墨笔。

屋外不远的门球场上，传来了老干部门球运动员正式比赛的吆喝：

"3号！"

"到！"

"好球哩！"

"破一门，得分。"

"使劲打，打远点。"

"操！打了个熊球！"

"4号！"

"到！"

……

老熊又兴奋起来。他暗暗为自己庆幸，总算没进到门球运动队伍中去——还是搭帮了手中这支笔，不然的话，也只有天天抡着个棒槌去打那不知是铁球、木球还是橡皮球了。

一想到那不知是什么球的球，老熊心里掠过一阵悲哀，只是瞬间即逝。

他又点燃了一支烟。

志者，记也……

伊巴露丽

一、伊巴露丽于日曜日在丰镇出现。

二、丰镇扼三区之咽喉,为通衢之锁钥。

三、《难民进行曲》大意如后:我们的心已经震荡,血已经沸腾。从此不再流泪,不再逃亡。更要把泪珠变成烈焰,逃亡改作救亡。原先,我们为了不做顺民而流浪;今后,我们不再做难民而要武器。女的当看护,男的上战场,把××杀光!杀光!打回我们的家乡,重见我们的爹娘!

四、伊巴露丽实为伊巴(男,三十余岁)、露丽(女,二十三—二十五岁)。

五、因伊巴、露丽非支那人,尚不宜立即逮捕,已严加监视。

六、其他:拟增派驻丰镇部队。

昭和十六年七月二十七日

丰镇,1941年7月27日清晨,旋小姐从睡梦中惊醒时将一直紧攥在手中的教科书掉到了地上。她侧身将耷拉在枕头旁的右手伸到地上捡书时,宽松的睡衣裹紧了她的身体,一道曲线顿时如雨后斜阳映出的虹桥般美妙无比。这道美妙无比的虹桥颤动着,散发出橄榄般清香的青春气息,和蹦蹦跳跳的肌肉香味。随着虹桥的渐渐消失,青砖黑瓦的木壁房内一片粲然。

旎小姐脱掉了睡衣。

旎小姐不是丰镇人，却是丰镇唯一穿睡衣睡觉的女人。

旎小姐将掉在地上的书抓到了手里后，坐了起来。

她翻了翻书，很仔细地将其塞到枕头下，然后开始换衣。

旎小姐换衣时，怔怔地看着将木壁屋与丰镇街后的青石板路相连却又隔绝的窗户。她看见枯竭的丰镇与枯竭的山冈晃动着一片银白。她心里想，那是潮润的雾岚。雾岚将滋润着丰镇，滋润着山冈。她想着是雾岚时，那片银白果然就成了雾。她不由得满心欢喜。她看着那似轻纱飘过来荡过去的雾岚，雾岚化成了淅淅沥沥的雨点。大地在拼命吸吮。树木在拼命吸吮。野花野草就吐出了芬芳。这些野花野草既没被马蹄践踏，又没有人足去踩，只有拖着长长的五颜六色的漂亮尾巴的锦雉在其间悠闲地散步。旎小姐想欢呼，欢呼静谧，欢呼丰镇和山冈的原始古朴，可是一阵钉有铁蹄的长筒皮靴声将美丽的梦境踏得粉碎。

"畜生！"

旎小姐恨恨地骂了一声。

旎小姐恨恨地骂时，她那张线条十分柔和的脸仍很平静，从深红色的薄嘴唇中露出密密实实、整整齐齐的细牙，只有胸前那两只如倒扣着的银盅般的乳房剧烈地弹跳了几下。

命令：

一、帝国决定对美、英、荷三国开战。

二、应依据下列指示执行对敌封锁：

1.在我占领区内构成切断线，严禁物资流通。

2.在我占领区内主要市镇，严格取缔物资对敌外流。

三、有关我占领区内协助维持治安之中国方面武装团体的整备及指导，应遵照昭和十六年六月三十日大陆指令第824号执行。

四、确保我占领区内重要资源地区安定,使之便于开发及取得,并加强军队就地自给的方针,积极取得、利用占领区内外之资源,尽力增强我之战斗力。

我占领区之治安,仍按原计划实施,以免削弱对敌封锁。

昭和十六年七月二十七日

踏碎旎小姐美丽梦境的是占据丰镇的日本第五师团属下的一个小队。有见过的人说,那鬼子小队长长着一张娃娃脸,脱掉钢盔或猪舌子帽(日军军帽后面拖着一块布)时,像个中学(毕业?)生。

娃娃脸小队长说要把丰镇创建为他的模范治安区。

当丰镇的血迹被钉有铁蹄的长筒皮靴践踏干净后,丰镇开始了驯化良民的治理。

娃娃脸小队长有一条心爱的狗,他牵着那条心爱的狗,裤兜里兜着花花绿绿的糖粒儿,见着丰镇的小孩儿就招唤。小队长本应当用如电影里一样的腔调说,小孩,你的过来,你的过来糖粒子的咪西咪西。但小队长的中国话说得很地道,他说,小孩,你过来。小孩儿怕小队长,也怕他牵着的那条狗,不敢过来。小队长就掏出花花绿绿的糖粒儿,说,小孩,你过来呀,你过来我给你糖吃。小孩儿有点心动,但仍然怕。小队长就剥开花花绿绿的糖粒儿,先往那条心爱的狗嘴里塞一粒,再往自己口里塞一粒。狗吃着糖,很温顺地趴下,不住地摇着短短的尾巴。小队长口里含着糖,叭叭地吸得山响,使劲地鼓腮帮。这个时候就有胆大的小孩儿鼓着勇气走过来,果然就吃到了甜津津的糖。

小队长喊丰镇的小孩儿吃糖不是只喊一次,而是看见就喊。丰镇的小孩儿就渐渐地胆大了,说是皇军给他们吃糖。这吃糖的事是二十年后一个丰镇人说的,他说他自己当时就吃了一颗日本人给的糖。

……

1941年7月27日这天早上,娃娃脸小队长在中国的丰镇准时起床。他穿好米黄色军装,蹬上钉有铁蹄的黑色长筒皮靴,系好风纪扣,戴上沉甸甸而又亮灿灿的钢盔,照了照镜子,而后挎上指挥刀走了出去。

小队长率领他的皇军士兵开始晨练。晨练的第一个项目是跑步——按照既定路线从丰镇街中心穿过,丰镇就被钉有铁蹄的长筒皮靴踢腾得直晃荡。

旎小姐正沿着她的必经之路——镇后青石板台阶拾级而上。镇后铺着石板的小道沿着一条溪流伸展开去,一直通到池塘。小溪两旁本是一片蒸腾着雾霭的黄绿色的水草地,其间闪耀着水珠的淡白色光点。池塘里的水呈醉人的绿色,醇醇地诱人。

旎小姐在池塘边站住,此刻她看到的小溪是干涸的,溪边的水草一片枯黄。池塘里只剩下潮润的泥巴。

旎小姐正对着干涸的小溪、枯黄的水草凝神时,身后传来一个声音。

"小姐,这儿很美,是吗?"

旎小姐转过身子,一看,是脱了米黄色军衣,卸掉钢盔,着件白色衬衣的娃娃脸小队长。

旎小姐在这一瞬间几乎模糊了对那位日本皇军小队长的记忆,站在眼前的实在像一位正在苦读的学生。

旎小姐有些惶惑的样子同样令小队长吃了一惊。他心里暗暗赞叹,这真是一位罕见的山镇美人。

你的漂亮令人心悸。你的漂亮令真正的男人无法自持。小队长差点要说出这句话,可他及时关闭了要用中国话说出这句话的闸门,改用了日本语。他说,小姐你这么漂亮,幸亏是在我的模范治安区,我对皇军士兵的约束很严,所以你才能在这么美好的早晨站在这么美好的地方……

令小队长更感到吃惊的是,这位漂亮女郎似乎能听懂他说的那几句日语。

"这儿很美吗?!池塘是干涸的,水草是枯黄的。当然,在这之前是很美丽的!"旎小姐冷冷地说,欲走。

"怎么,不愿意和我多说会儿话吗?"旎小姐的话令小队长有点不快,他敏锐地觉察到了一点什么话外之音。但他那张娃娃脸还是娃娃脸,没变。只是他的右手弯曲着往后招了一下,匍匐在青石板路上的他那条心爱的狗儿就呼地一跃,挡住了旎小姐的路,龇牙咧嘴,欲扑。

娃娃脸小队长右手的五个手指又往下弹了弹,他那条心爱的狗儿就又匍下,只是狗眼依然大瞪,狠狠地盯着旎小姐。

像旎小姐这样漂亮的女孩本应该是怕狗的,可她在丰镇见的狗实在太多,她知道狗是唯主人之命是从,所以她就仅仅是停住了脚步而已。

"这条狗对你很忠实。"旎小姐说,"可我得去上课了,我是个老师。老师不应该迟到吧,不应该让学生们失望吧?"

"你是老师?你教学生?"娃娃脸小队长将右手一挥,要他心爱的狗儿让开了道,"你懂我们大日本帝国的话?你可以替我们教日语。"

"我从来没有去过你们日本,我怎么能懂你们的日语?但我可以带我的学生来这里看看:为什么水突然干涸,草突然枯黄?"

旎小姐说完,眼光却突然从池塘收回,漠然地注视着远远的山冈。那张线条十分柔和的脸上，似乎挂着一丝轻蔑的嘲笑。

小队长觉得这个小姐总是话中有话，他想着应该说两句比较幽默的话来反嘲时，旎小姐已经悄然走了。

留给他的，只有一个倩丽的背影，和那抹不去的、柔和而又平静的嘲笑。

片刻后，在旎小姐走去的方向，远远地似乎响了声沉闷而又喑哑的炸雷，镇子里尚存的几条狗立时惊慌地悲吠了几声，然后又是一片如密封了的棺材里般的寂静。

指示：

　　一、大本营根据帝国对美、英、荷开战之决定，所拟第278号命令中第五款为"中国派遣军司令官应处理天津英租界、上海公共租界及其他敌国在华利益。必要时可使用武力"。

　　二、根据大本营第278号命令，对其他敌国在华有碍我之利益者速采取行动，立即逮捕，送往城区司令部。

昭和十六年七月二十七日

接到指示的小队长抬头望了望天空。丰镇上空的苍穹变成了瓦灰色。暗淡的月光从苍穹的缝中透了出来，让人忆起极度贫血的人那张惨白的脸孔。

小队长第一次皱紧了眉头。他唯一掌握的伊巴、露丽的情况，就是被撕下来的一张《难民进行曲》，署名伊巴露丽。

小队长穿好米黄色军装，蹬上钉有铁蹄的黑色长筒皮靴，挎上指挥刀，牵着那条心爱的狗，再次看了看丰镇的天。在他的头顶上，瓦灰色的高空里，一片片铅色的云彩不住地翻滚。

小队长率领全队，将丰镇的男女老少集合训话。

小队长的训话很能抓住丰镇百姓的心理。小队长说，创建模范治安区在诸位的大力配合下进行得非常顺利,丰镇呈现出一派祥和的气氛。这是皇军和良民合作的结果。现在出了一点小小的麻烦,美国英国西方恶魔的间谍混进了模范治安区。间谍制造混乱,想要你们流血,挑起你们和皇军的冲突。你们想想,间谍要你们赤手空拳和我们皇军的机关枪、刺刀对抗,这是多么的残忍,多么的不人道。现在,只要你们把间谍交出来,或者把间谍藏在什么地方告诉我,一切就都平安无事。如果不交出来不说出来,皇军没有办法,只得于无奈中开杀戒,看着不愿发生的事发生。小队长又说,间谍是外国人,又不是你们中国人,你们为了外国人惹来杀身之祸,这是多么的不值。说完,他抖出了那张撕下来的《难民进行曲》,补充说,间谍既然来自讲人道主义的西方,就不应该看着中国老百姓为你们丧命。希望间谍自己能从藏着的地方走出来,皇军按照国际惯例,保证优待。

  小队长的话说完后,丰镇人发出了低声的议论。有的咕哝着日本人不讲理,问我们老百姓要什么间谍,我们老百姓哪知有间谍。有的怪英国佬美国佬不讲理,你搞间谍怎么搞得我们老百姓遭殃?!

  小队长见无人站出来,就轻轻地挥了挥手。日本兵就都端起了枪,瞄准。他那条心爱的狗则张牙舞爪直往前扑,随时准备咬断人的喉管。

  人群开始骚动,继而一片混乱。妇人手中抱着的孩儿吓得大哭,牵着母亲衣襟的孩子直往大人腿裆里钻。这时候有一个人悄悄地走了出来。

  从丰镇人中走出去的是一位不是丰镇人的小姐。

  这位小姐说,我这里有一份《难民进行曲》,但我不是伊巴露丽。

这位小姐跟着小队长沿着镇后的青石板路往上走。她踩着溪边被暴烤得枯萎的小草，觉得草儿软软的，踩着挺舒服。她顺手折下了一根小小的树枝，她发现枯干的树枝上竟挂有绿色的新生芽儿。那绿色的新生芽儿饱鼓鼓地膨胀着，如刚从豆壳内剥出的蚕豆。

　　走到只有些须泥巴在顽强地散发着腥味的池塘边了，这位小姐突然说，你难道真的连伊巴露丽都不知道？

　　话语充满轻蔑。轻蔑的话语后还轻轻地吐出几个字：不如中学生。

　　小姐这话一出，小队长似乎愣了一下。但接着这位小姐只听得身后传来一个男人尖厉的惨叫，那是一把利刃插进人的心脏，再旋转，然后刃出一颗尚在蹦跳的心时发出的惨叫声。

　　她没有回头，仍是慢慢地往前走。小队长停住了。他松开牵着的那条心爱的狗。那条狗的前肢往前一屈，后肢往后一蹬，蹿上去，往上一扑，头略一偏，很准确地咬着了小姐的喉管。

　　小姐倒在池塘的塘埂上，从喉管里流出的血汩汩地淌进池塘。她仰脸朝上，一双美丽的眼睛大瞪着，望着天上。她最后一眼看见的，是一颗美丽的流星在空中一闪，消逝在干涸的无边无际中。

　　那位娃娃脸学生模样的小队长，也在看着丰镇的天空。他似乎格外喜爱从丰镇的天空看出些什么，或悟出些什么来。丰镇的天空是否和他在中学学过的知识有关系呢？不得而知。

　　　　伊巴、露丽在丰镇潜逃时因拒捕且持枪还击而被击毙。
　　　　丰镇粮食征集尚需时日，恳盼宽限。
　　　　丰镇出现骚动，请速增派驻丰镇部队。
　　　　　　　　　　　　　　　昭和十六年七月二十八日

附记：

丰镇在成为县级市的1987年开始修志。在修订丰镇志书篇目时，关于丰镇的抗日救亡运动应当单独设章还是设节，在修志人员中争议很大。有的同志认为，丰镇是新建市，历史的东西主要分散在兄弟县市，由兄弟县市主要记述即可，丰镇志书再重点记述，势必会造成重复，因而主张立一小节就行了。有的同志认为，正因为丰镇是新建市，历史资料难以搜集，借着盛世修志这一大好契机，把丰镇的历史进行一次全面而系统的记载，所以应该设章。后一种意见终于占了上风，于是修志的同志重新去搜集资料。在重新搜集立卡的资料中，有一张资料卡片记载：

1941年，一些进步青年先后来到丰镇，他们以教师职业为掩护，开展抗日救亡活动。他们选用在反法西斯战争期间西班牙社会活动家伊巴露丽《致德国母亲们的一封信》作教材，在学生中引起很大反响，激发了学生的爱国热情和进步要求，增添了对法西斯的仇恨。这些青年大多数在丰镇惨遭日本侵略者杀害，其中有一位女青年被日本兵杀害时，临死前只对她的学生说了一句话：

别忘了，那是一张娃娃脸！

此资料卡片编号为：丰志·N0313941。

西撒哈拉的蝴蝶

一

当狂风裹着黄沙如同堤坝决口一样呼啸着滚滚而来时,他仅仅来得及背转身子,便被冲天而起的沙浪卷入茫茫漠海之中。

太阳不见了。天空不见了。黄沙遮蔽了整个世界。

沙暴!突如其来令人谈之色变的沙暴!

豆大的沙粒暴雨般的倾泻着,胡乱地抽打着,蒸腾起五十多摄氏度的热气。整个沙漠像开锅的浊流在沸腾……

二

他来到这远离故土一万多公里的西撒哈拉时,就有人告诉他,当沙暴来时,绝不可面对这黄色沙妖,因为飞速而来的沙粒会塞满人的嘴巴、鼻孔,令人窒息而死。

他住进帐篷营地的当天晚上,西撒哈拉沙暴,就将一顶一顶的帐篷"连根拔起",掀得不知了去向。而他住宿的那个据说能抵抗十二级大风的帐篷,也被击打得摇摇晃晃,像遭遇了一场地震。沙暴,以那不可一世的狂虐,显示出了它的淫威。风停沙止后,他看见的是,帐篷外,竟堆积出几米高的沙丘。

此刻,他正置身于沙丘中。但沙丘旁没有帐篷,什么也没有。

三

  坟堆似的沙丘里有种力量在拱动。
  这种拱动如他在自己祖国的大西北，蓦地发现一株嫩草在沙漠下的拱动。那是他第一次看见沙漠。他极目漠海，黄色的柔韧的沙地上，竟有两排四个小蹄子踏出的脚印一直往前溜出好远，但仅仅只有这么两排而已——不知是一只什么小动物犹能自由自在忒胆大地穿越这茫茫沙漠。突然，真正令他惊叹不已的生命奇观出现了，在那被不知名儿的动物践踏过的沙漠里，他看见一根豆芽般的绿茎兀然而立，绽开两瓣翠绿的叶儿。呵，茫茫沙漠中的两瓣绿叶，给这天和地，给这浑黄的沙的国度，陡然增添了生命的原色，更给他和他当时所处的那个世界，给他这个活生生的生命增添了倔强的原始动力。他奔跑过去。他小心翼翼地卧倒在她的旁边。刚从沙漠中拱动而出的生命是这般纤细，这般弱小，非得卧于其旁才能看个清清楚楚：两瓣圆叶，只有衬衣的纽扣大小；支撑着两瓣圆叶的茎，状如灯芯。然而，她就是拱动而出了，她就是立于茫茫沙漠之中了！她是怎么长出来的？她怎么能够在这茫茫沙漠之中出生呢？她能够在这茫茫沙漠之中生存下去吗？当时他突然想到了一位生物学家说过的话：世界上什么东西力气最大？种子。
  他接着又想，他也应该是一颗种子，他也应该有着种子的力量！
  种子般的力量支撑他从沙丘里拱出了自己那颗年轻的头。
  他像从大海里潜泳出来一样地摇了摇头，头上的沙粒立时唰唰地往下落。同样是沙漠里的沙子，他在自己国土上见到的沙子既绵软又细小，而在这里遇到的，却简直就是漫天的被砸碎的石头。

他完全从沙丘中钻了出来。他的脸已经被沙石划破，有殷红的血随着沙石滴落，在脚下绽开殷红的小花。他有点摇摇晃晃，站立不稳。他那用以包裹脸庞的围巾早已不知去向。他现在什么也没有了，但他的双手，仍然紧紧地攥着，似乎攥着最宝贵的财物。

　　他紧紧攥着的，是一对拳头。

　　他紧紧攥着的那对拳头，显示着他绝不服输！他不可能服输！

四

　　他要走出去。

　　他要走出这渺无人烟的沙漠。他要寻找到生命的绿洲。

　　首先，他得判别方向。然而，在这茫茫的西撒哈拉沙漠，判别方向岂是一件容易之事；就连在西撒哈拉的联合国维和部队，驾车巡逻时也得用卫星导航仪指引方向。

　　他只有凭自己的判断，凭自己的感觉。

　　他开始迈动步子。

　　他凭着感觉，艰难地走、走，却走进了一片沙海。

　　如果说西撒哈拉的沙暴是一条狂虐至极的汉子——他凭着自己那能将天地都遮蔽的本事，不时向敢于进入他领地的人发动突然袭击，那么这种沙海就是以柔软面孔示人，却处处准备构陷你的诡谲小人。沙海是成片的软沙，沙子又细又滑，软绵绵的。即使是有着强大驱动力的车辆，只要一陷进去，便再也休想动弹。如果驾车者硬想凭着自己的驾驶本领将车开出去，只要你的车子一动，等待你的便是继续下陷。车子越动得厉害，车轮陷入得越深。

　　对于已因干渴而脱水的他来说，走在沙海里，无异于挣扎在沼泽地里。

沙海几乎耗尽了他的能量。他停了下来,大口大口地喘着粗气。

他不能再这样走了,他得找准一个方向,找准一个目标。

他终于看见远处有一座山丘。但那究竟是沙暴留下的遗物,还是真的是一座小小的山包呢?无法断定。

他又迈开了步子。

他重新迈开的第一步,是朝向那座山丘——只有站到高处,才能看清所有。

他的双腿如陷入沼泽地里那般沉重。他拔出一只脚,往前移动一步;再拔出另一只脚,再往前移动一步。他一步一步地朝着那目的地挪动。他口干舌燥,双唇陡然起了无数燎泡。他不敢用舌头去舔,他怕舌头一舔到燎泡就会被粘住。这时候他拼命地去想自己的故乡,拼命地去想自己故乡的严冬。他故乡的门前不远处有两条铁轨,一到严冬的清晨,铁轨上就布满了白头霜。他曾对一起玩耍的小伙伴说过,如果趴到铁轨上,用舌头去舔铁轨上的白霜,舌头就会粘在铁轨上,再也缩不回了。

舌头粘在铁轨上会是什么样呢?他想迫使自己笑一笑,笑一笑能让自己充满力量,充满自信。可是他笑不出,因为即使是笑一下也要付出莫大的体力。于是他迫使自己的眼前幻动出那些白花花、毛茸茸的白头霜,他企盼着这种幻动使自己变得清凉。

他在幻动中挪动着步子。

他终于快到山丘了。

哇,真的是有着岩石的山丘哎,真的不是沙暴堆砌的沙丘哎,这些岩石只是被沙粒覆盖着而已哎。他想迫使自己这么惊喜地喊。他想用这种惊喜的喊声证明自己的存在,证明自己的目的已经达到,证明自己永远不会倒下。他甚至要惊喜地扑过去,尔后拼命地往上爬。就在他要惊喜地扑过去时,他"哎哟"地痛叫了一声。

一块藏在沙子下的黑岩石，一块不但比一般石头要硬得多，而且十分锋利，就连车轮也能扎破的黑岩石，扎破了他的鞋，扎进了他的脚心。

　　本来就近乎休克的已经是晃晃悠悠的他，痛得歪倒在地，身子一翻，尔后便什么也不知道了。

五

　　不知过了多久，他恢复了知觉。

　　他觉得全身已不灼热，而是发冷发颤。尽管西撒哈拉夜晚的温度能从白天的五十摄氏度降到零度，但此时阳光还笼罩着沙漠，仿佛永远也不会消失一样。然而，夜终归是要来的。他必须赶在夜晚到来之前，找到人，找到帐篷，找到绿洲……谁知道在夜晚又会发生些什么呢？有过在这西撒哈拉的沙漠里独身度过的异乡人吗？他见过阿尔及利亚、摩洛哥等国报纸发出的游客在沙漠失踪的报道，也见过这些国家以及联合国维和部队寻找失踪游客的报道。

　　来自骨髓深处的冷令他不住地颤抖，他觉得耳朵也在嗡嗡作响，但他的神智非常清醒。他判定自己身上的这种冷是由于黑岩石戳破脚板心而引起了感染，耳鸣则是因沙石击打而出现的症状。但他旋即又想，在这干燥的沙漠地里，怎么会这么快就引起感染了呢？他的心蓦地一紧，难道，难道是自己在失去知觉时，被什么毒物咬了一下？！

　　毒蛇、蝎子、蜘蛛！

　　西撒哈拉三大令人害怕的毒物！

　　他听住在帐篷里的人说过，早上起床穿鞋子之前，得先把鞋子倒一下，以免毒蝎子躲藏在鞋子里面；如果拿起鞋子就穿，说不定就会有蝎子蜇你一口。万一被蜇着，许就要了你的命。

他的鞋子呢？他的鞋子仍然穿在脚上，但他连忙脱掉那只受伤的脚上的鞋子，仔细寻找。

没有，什么也没有。

被毒蛇咬了？！毒蛇咬了后悄无声息地溜走了？！他想到了人说的那种头上长角的西撒哈拉毒蛇。人说那毒蛇的毒性远远超过眼镜王蛇，且它与沙漠同为黄色，无论是藏在沙子里，或是在沙子里潜伏爬行，都很难被认出，一旦被咬，人很快就会死掉。

如果真的被毒蛇咬了，那就毫无办法可想了。

难道真的就这样完了吗？不！绝不！

依然清醒的神智使得他在附近的沙地上寻找起来，即使是很快就会死去，他也得为自己的死找出个确切的原因。他想，如果真是被那种头上长角的毒蛇咬了，那么，沙地上应该有蛇梭动的痕迹。

然而没有！什么痕迹也没有。有的只是他自己踩出来的深深的脚印。

他的心里稍微安定了一些。就在他准备收回视线，将红肿的脚包扎一下，好爬上山丘去时，他看见沙地上，似乎有什么东西在悄然地滑动。

他怀疑是自己被阳光辉映的黄沙耀花了眼。难道还会有什么生灵来与他做伴？！他不由得眨了眨眼睛。他眨巴眼睛后证实自己没有眼花。他看见沙粒在几乎无法察觉中往两边细微地翻泛，翻泛的沙粒中，有个东西正蠕动着向他疾速地梭来。

他几乎呆了，是蛇！正是那种与沙漠同为黄色的毒蛇。这种生灵为了在沙漠中生存，演变出了与黄沙极其相像的掩护色。它的头已经昂了起来，它那三角形的头上，确乎真的有着两只朝上的角。

头上长角的金黄色毒蛇就要对他发动准确无误而又致命的一击了。

他不知从哪里陡然来了那么大的力量。他纵身而起，扑到了山丘脚下的一块岩石上。几乎就在他纵身而起的同时，那条头上长角的黄色毒蛇也扑到了他原来的位置。

    他已经耗尽了全身的气力，直到看着那条自己从未见过的，如果不是对自己有着致命威胁，实在应该为它有着如此美妙伪装而赞叹的毒蛇溜走后，才不由得长长地松了一口气。而一松完这口气，他就如同松懈了整个生命一样，又陷入了昏昏沉沉之中。

六

    他从昏昏沉沉中醒来了。他醒来后，除了身上依然感到发冷发颤外，耳朵竟然已经不再耳鸣，但四周已是幽暗一片。

    幽暗中，他反而觉得神智格外清醒。他估量着自己所处的危险境地：身体已严重脱水，腹内空空，饥肠辘辘。除了会被困死在沙漠这一"正常"问题外，还可能随时遇到蛇蝎，遇到置他于死地的其他种种；而最要紧的是，如果不能找到水，不能找到吃的，那么所有的一切都会很快结束。

    他记起了在书本上看到的沙漠中求生的一些指教，那些指教中有一条说，得在夜间赶路，因为白天的气温太高。而此时的现状使他认为，这条指教只能属于教条，行不通。在这完全摸不清方向的黑夜里，莽撞地赶路只能是徒然消耗体力，而且夜间的莽撞行走可能会遭遇更多的危险。他陡地想到有关资料上的记载，这些资料说，围绕着西撒哈拉之争，摩洛哥与当地的武装组织——人民解放阵线爆发的战争数年不息。摩洛哥在西撒哈拉建造了两千七百二十公里的沙墙，埋下了几百万颗地雷。虽然在联合国的调停下双方早已停火，但那些布下的几十万颗地雷，仍然是令维和部队最伤脑筋的。尽管地雷应该没有埋到他所在的这个地方，但沙暴、流沙，却是能让地雷移位的——就好像漂浮的水雷一样。谁知道"水雷"会不会"漂"到这片地方来呢？自己在夜间乱走，万一踩上颗地雷，岂不会成了沙漠里肢体不全的木乃伊？！因而，夜间不能乱动，在夜间得积蓄体力。

但要想积蓄体力，他首先得弄到水，弄到一点吃的。

他把希望寄托在了山丘上。他慢慢地往山丘上爬去。

蓦地，就如同他第一次在沙漠里发现那棵小草一样，他惊喜得全身都抽搐起来。他，看见了绿色的沙漠灌木。

那些灌木，虬聚在一起，紧紧密密，互不分开，以团结的力量，抗拒着风沙，展现着自我，显示出独一无二的风采。

这生命力顽强的植物呵，给了他生命的希望。

他呼哧呼哧地喘着气儿，这是欣喜的表现，是得知生命将会延续的激动。他爬到灌木旁边，扯下树叶，就往嘴里塞。他一点儿也不觉得树叶苦涩，相反，树叶里有水分，水分滋润了他的身体。他又扯出植物的根茎，使劲嚼，使劲嚼……嚼碎、嚼碎，能嚼碎的统统吞下肚里去……

肚子里有了一点东西，这更加令他鼓起了精神。他开始加大搜寻的范围。

令他欣喜的奇迹出现了，他竟然看见了仙人掌。

仙人掌！仙人掌可是像沙漠里的骆驼一样，被称作是蓄水器啊！有人曾说，从仙人掌里能挤出几公升的水。他哪里还顾得上仙人掌那尖利的刺，掰下一块，就着沙石将刺磨平磨钝，就狠命地啃起来。仙人掌那充足的水分，仙人掌那厚实的肉，成就了他最惬意的一顿美餐。

他渐渐地恢复了体力。有了体力后，他才突然想到，自己是怎么发现这些东西的呢？而被人称为不毛之地的沙漠，原来是有着这么多生命奇观的呵!他不由得抬头望了望天。

——天空中,已经挂上了一轮圆月。

是圆月的光亮,使得他发现了能维持生命的一切。

而在圆月的照耀下,他发现,西撒哈拉的夜晚其实很美。

看啊,圆月当空,皎洁无比;星星稀疏,穹苍高远。穹苍下,沙丘起伏,一望无垠。而在他的身边,绿色的生命傲然而立……

他觉得必须烧燃一堆火。有了火,他可以平息身上的冷战,可以防止意外的侵害;说不定,还能让人发现他呢!虽然他知道在这样的夜晚,在这不知名儿的所在,不可能有人出现,但倘若被赶骆驼的人发现呢!他听说过赶骆驼的人常在沙漠地里过夜,他们围在用梭梭树燃起的篝火旁,吃着用篝火和石块烤制的美味肉饼,喝着煮了一遍又一遍的茶,吃饱了,喝足了,歪倒在骆驼的身旁,美美地睡着了。第二天醒来一看,有觅食的鸟儿在沙地里候着,单等骆驼队开拔,它们就立即飞来寻找掉在沙地上的肉屑碎饼。那情景,该是多么美啊!倘若自己被赶骆驼的人发现,他真愿意就成为赶骆驼队伍中的一员。

尽管他身陷绝境,但他依然不放弃浪漫。

生命的价值是什么呢?生命的价值离不开浪漫。

他站了起来,他要去寻找可以燃烧的东西,好燃起一堆大火。

他一站起来后,顿时心中生出几分奇怪——身上竟然不发冷也不发颤了。他立即想到了他吃过的树叶和仙人掌。呵呵,这沙漠里的植物呵,这有着顽强生命力的植物呵,它们能医治人的伤病,能延续人的生命呵!

他燃起了篝火。

熊熊篝火又激起了他腹内的饥饿。他反而希望现在有蛇在他身边出现,有蝎子从他身边爬过,哪怕是那种最毒的蛇,最毒的蝎子,他也不会怕了。他得勇敢而又机智地将它们捉住。他只要捉住蛇，捉住蝎子，那就是他的美味，就能补充营养，补充蛋白质。将蛇或蝎子放到火上烧烤，烤熟后，就着仙人掌吃肉。那真是要喊美味了啊。

当饥饿占上风时，令人恐惧的东西也变成了希冀。

七

他成了独自在西撒哈拉沙漠度过黑夜的人。他在篝火旁真的睡了一觉，醒来后，阳光又已经开始炙烤沙漠。

他为自己的依然完好无损而不无几分自豪。

他狠命地吃了些树叶。他将掰下的仙人掌揣在身上。当他在掰着仙人掌时，竟然很有些难以下手，他实在是有些舍不得损坏这坚强的美丽；但他相信，不用多久，仙人掌又会重新蓬勃。如果再有人像他一样来到这里，仙人掌又能给到来的人以生命。

揣在身上的仙人掌他是绝不会随便吃的，他要留到最关键的时候享用。

他只有一个念头，走出去，走出沙漠，走到有人的地方去！

他一路走一路对自己说，我一定要活下去，一定要创造一个生命的奇迹。

不知道走了多久，也不知道走了多远，他身上的汗就连毒辣的太阳也烘不干。他感觉到这已经不是因高温而流出的汗，而是自己一个劲地冒出来的虚汗。汗黏在衣服上，混合着沙尘，刺得浑身又痒又痛；而身上发出的气味，引来了一群一群的飞蝇。

飞蝇不停地围着他转。飞蝇找到了他这个有血有肉的鲜活目标。这种"大兵团"出击的飞蝇，是赶也赶不走，打又打不着，他只能不停地走，不能停下来，一停下来他就会被飞蝇埋葬。

为了让自己能够继续走,他掏出了保存的仙人掌,他得为自己补充养分了。

他像吃压缩饼干一样,小心翼翼地咬下一点点,含到嘴里,又忙将仙人掌收起。可是过不一会儿,他又只能将仙人掌掏了出来……

仙人掌被吃完后,他又该怎么办呢?他只有用意志来说话,他坚信还能找到吃的。是的,一定能找到的。

奇迹,还会出现的!

终于,他又找到了一个可供歇息的地方。

他倚着一棵不知名儿的树坐下来。他发现一直跟踪着自己的飞蝇只在离自己一米多远的地方嗡嗡着,而不向他扑来了。原来他靠着的这棵树有一种刺鼻的气味。他不无兴奋,飞蝇原来是怕这种树叶的气味呵。

飞蝇不肯离开,却希望他离开。

他从这种树上摘下许多树叶,放进衣服里。他又将这种树叶的汁液涂在脸上,涂到身上。他感到遗憾的是,这种树叶不能吃。连飞蝇都不敢靠拢的树叶,能吃吗?

不过,他可以安心地休息一下了。

他闭上眼睛。他突然记起来了,有本书上说过这种飞蝇。这种飞蝇是趁人入睡或瘫软得无力驱赶时,钻入人的五官,产下虫卵——这将导致人或瞎或残。

难怪这种飞蝇总是不肯离开自己呵。

现在,你们来吧,来吧!他在心里喊,现在你们不敢来了。

他在这种胜利的兴奋和极度的虚脱中迷迷糊糊,不知自己去了什么地方。

八

他看见了一片茂盛的无花果树丛。无花果树丛里有一口深井，深井旁有一只吊桶。他扑到井沿边，抓起吊桶，吊上了一桶水，那水清澈啊，清澈得无法形容。他将头伸进桶里，尽情地喝啊喝，一桶水全被他喝光了。他瞧着喝光的桶，就像真正的好汉一口气喝完一桶酒一样，双手叉腰，骄傲地摇晃着脑袋，瞪着光光的桶底。光光的桶底却有一条鱼在蹦跳。那是一条只有在西撒哈拉的绿洲湖里才有的将军鱼。他从来没有见过这么漂亮的鱼。他正要伸手去抓这条漂亮的鱼时，一个长着一头卷发，虽然面色黝黑，但英俊至极的当地小伙子站到了他的身旁。小伙子对他说，请吧，远道而来的客人，请到我们的帐篷里去吧。

他想，这个小伙子就是"沙漠王子"吧。

他跟着"沙漠王子"走进了帐篷。

多么舒服的帐篷呵！"沙漠王子"热情地请他就座，他盘腿坐在了地垫上。"沙漠王子"用招待尊贵客人的礼节，首先请他喝茶。"沙漠王子"把一整套茶具端了出来，就像表演茶道一样，先把装在玻璃杯中的茶叶倒入白铁皮壶中，将白铁皮壶加满水，放在木炭火炉上煮。很快，帐篷内就飘荡起一股煮开的茶香。"沙漠王子"揭开壶盖，放进很多白糖，继续煮了一阵后，将壶内的茶倒入一个杯子，再把杯子里的茶水轮番倒入其他空杯子中，像中国人喝功夫茶那样倒来倒去；最后，把这杯茶水又倒回壶内，重新再倒出一杯来，又在几个杯子里轮番倒来倒去。那种娴熟的手法，简直令他眼花缭乱。

"沙漠王子"端起冒着很多泡沫的茶，对他说，我们喝的茶叶就来自你们中国，你们中国的茶真美啊！请喝你们中国的茶吧！

"沙漠王子"将端着的茶放进一个小托盘，送到他的面前。

"沙漠王子"一连给他倒了三杯茶。这是西撒哈拉人待客的规矩。要等客人喝完三杯茶后,他们自己才会喝,而且就用客人喝过的茶杯。他喝着用中国茶叶煮出来的又酽又甜的茶,不知道有多么惬意。

喝完茶,好客的"沙漠王子"端出了丰盛的饭菜,有羊肉,有松鼠肉干,有用昆虫制出的美味,还有用沙漠中滚烫的石头烤出来的面饼,面饼又薄又脆,肉馅甜中带咸,吃得他不住地吧嗒着嘴巴。

吃完饭,"沙漠王子"又领他去观赏风景。他不但看到了绿树成荫、芳草萋萋、鲜花怒放的绿城,看到地下水从绿城小湖喷涌而出,清澈见底的湖水中游荡着五颜六色的非洲热带鱼,而且看到了建造于十二世纪到十六世纪的城镇。这些城镇曾是贸易和宗教的中心,服务于经过撒哈拉沙漠的商队,形成了西撒哈拉最重要的商业中心。古镇中狭窄的街道,带有天井的房子,环绕着一个有正方形尖塔的清真寺——展示了具有西撒哈拉游牧文化的传统生活方式。每一个古镇被保存完好的城墙包围。所有的古镇围墙外都有棕榈园和庄稼。房屋用各种石头搭配出各式各样漂亮的花纹……

"沙漠王子"告诉他,那些古代文明衰落的重大原因之一是战争。

为什么要发生战争呢?为什么?为什么不能避免战争呢?他问"沙漠王子"。"沙漠王子"回答不出,他也回答不出。

原来西撒哈拉曾有过如此的繁荣呵!他只能啧啧赞叹。正当他赞叹之际,一支赛车队疾驶过来,一辆一辆的赛车,是那么漂亮,气势是那么宏伟。一辆赛车飙过去了,又一辆赛车飙过去了……他为车手狂喊加油、加油!蓦地,车队不见了,只有扬起的漫天沙尘。可他不感到寂寞了,他那被寂寞啃噬的心似乎舒缓了。但他又总觉得还有一件什么事没干,他想啊想,突然想起来了,他还没看到西撒哈拉的蝴蝶！西撒哈拉的蝴蝶该是什么样呢？

他正想着蝴蝶，一群蝴蝶已经朝他飞来。

啊，蝴蝶，西撒哈拉的蝴蝶。五颜六色、光彩夺目的蝴蝶上下翻飞，翩翩起舞。他想去抓住一只蝴蝶，仔仔细细地看一看西撒哈拉的蝴蝶为什么这么漂亮！他，追了上去……

九

周围仍是一片沙漠。他的视线里，仍然只有一望无际的沙丘。

但他似乎的确是去过绿洲城，去过"沙漠王子"的帐篷，见过飞飙的赛车队……

他难道就只能悄无声息地待在这里吗？这里虽然不会遭到飞蝇的袭击，但没有可以吃的植物。

他必须离开这里，他必须走。他还要去看蝴蝶。

他又开始了新的征程。他只能朝着心中的目标而行。沙漠里没有明显的参照物。他越走越荒凉，越走越不能判断自己在什么地方。

仙人掌终于吃完了。

受伤的脚真的发炎了。

他终于连一步也走不动了。

他只能等待有人出现了。

他倒在沙漠中。他全身都是沙子，他也已经如同披上了一层沙漠的伪装，如果不仔细看，也难以分辨出他到底是人还是什么动物。但他的那双眼睛，仍然放射着倔强的光芒。

倔强的光芒在附近的沙地里巡睃着。

一丝惊喜，闪现在他的眼里。他看见沙地上留有不少各种各样的足迹。那些足迹绝对不是人的,但显然是小鸟和啮齿动物的。小鸟和动物们来过这里!它们为什么会来这里呢?当然是来觅食。那就是说,这里曾经有人来过,并且他们在这里吃过美味。小鸟和动物们就是来寻找残渣、碎肉的。

他静静地躺着。他相信,在这条有人走过的路上,在这曾经有人歇息过的地方,还会有小鸟或什么动物来的。只要有人来,就会有小鸟和动物来。

在企盼中,他真的看见了小鸟。鸟儿从他的头顶扑棱扑棱地飞过。他只认得出那种长嘴百灵,其他的,他叫不出名儿。但他想,那也许就是书上说的灰伯劳鸟,或是阴郁的荆棘鸟吧。他想对着鸟儿喊,喊这些可爱的生灵来和他做伴,但他连喊的气力也已经没有了。

他现在唯一的活动,就是心理活动。他竭力在心里想——想什么呢?想那些能鼓起他生命活力的英雄,想那些铮铮硬汉。在面对绝境的时候,只有去想那些英雄,去想那些硬汉,他的希望才能得到延续。

一天过去了。

又有一天过去了。

……

他的生命依然存在。但他开始审视自己了。

他在心里面盘问自己,你叫什么名字?

他自己回答,我叫什么名字。

你今年多大了?

他回答我今年多大了。

这么个年龄,你不觉得太短了一点吗?

是的,是太短了一点,但我已经做了一回硬汉。硬汉不是每个人都能做的。硬汉太少,太少了……

你究竟为什么来到这西撒哈拉呢？

因为……因为我想看西撒哈拉的蝴蝶。

蝴蝶？！

是的，蝴蝶。

真的就只是为了看蝴蝶？

他无力地点了点头，接着又想摇头，但他连摇头也摇不动了。

难道仅仅就是为了看蝴蝶？

……

为了蝴蝶，你付出的代价太大太大，况且，你已经失败了。

不，我没有失败，我永远也不会失败。我只是迷路了而已。迷路者，很多很多，迷路者就是失败者吗？迷路者不就是为了探出一条路来吗？这条路终归是要有人去探的……

他在昏昏沉沉中这么喃喃地自言自语着时，他坐上了一峰美丽的骆驼。

那峰美丽的骆驼，不是双峰，而是单峰。

他抱着单峰骆驼那细长而又绵软的脖颈，舒服得像搂住恋人的脖子。他抱住的这峰骆驼走在最前面，充当着向导。

向导驼是骆驼中最聪明、最有经验者。它边走边不断地思考着哪里是正确的方向，哪里是正确的路径，当它的思考得出正确的结论时，它便发出"噗——噗——噗"得意的喷声，告诉其它的骆驼：跟我学着点啊，路，就是这么走出来的，就得像我这样才不会迷失方向。

向导驼这么叮嘱着时，心里不无几分惬意；它一惬意，便慢慢地磨动着扁而宽的嘴；这一磨动，却有些须口水流了出来；那口水蜿蜒地流落在沙地上，给西撒哈拉沙漠留下了骆驼的路标。但向导驼又觉得有点失态，便晃一晃细长的脖子，那是对其它的骆驼说，唉，唉，我到底是年纪大了一点，以后，这向导可就要归你们中间的一位来担当了呵!

　　向导驼载着他走啊走,突然,他听见了一种轰隆的声音,是飞机,直升飞机?!还是汽车,那四轮驱动的汽车?!

　　是直升飞机降下来了,还是汽车停下来了……

　　他仿佛看见,从飞机上……从汽车上……走下来一些古怪的人,他们的头部,被围巾缠得严严的,只露着戴风镜的眼睛;他们的身上,穿着迷彩服;他们的背上,背着迷彩囊……

　　他兴奋得要大喊,嘴却嗫嚅:蝴蝶,蝴蝶!

　　他的眼前,真的出现了一只蝴蝶,又一只蝴蝶……

　　蝴蝶在西撒哈拉沙漠里飞啊,飞啊,是那么娇艳,又是那么地傲视一切……

甜水

断了一条腿，用木凳架着的雕花架子床上，躺着一个行将咽气的老人。

老人嘴角歪咧，一丝涎水顺着嘴角悄没声息地往下淌，一直淌到肩膀上，方凝住，成珠网状。

老人的脸色并不难看，不像要死的人那般煞白煞白或焦黄焦黄，而是带几分铜红。铜红下皮肉仍显光滑。嘴里的门牙竟还未掉落，牢牢地立在该立的地方，且白白地泛光。

老人实在是个讲究精致的人。街坊人早就说只有他精致得过了分，黄土埋一截的人了，每天早晨还用把刷子满嘴里戳，戳出一嘴白泡泡，难看死了；洗脸还要搽点香胰子，留下一股怪气味，腥不腥腻不腻的，花掉好多冤枉钱。

可现时，老人无法讲究精致了。岂止是无法讲究，你只要将眼光离开他的脸，往那下面一扫，哎呀呀……

他那下面，裤子褪在膝盖上，中间一截全袒露在外面，泥黄的皮褶褶处黑蓬蓬一丛。腿巴子干如柴棍，暴露的青筋一根一根如在干涸的泥地上拼命蠕动的蚯蚓。

裤子是他自己褪下去的。照护的人帮他将裤子提上，系好；可只消片刻，便恢复原状。

为老人忙进忙出的不少，但皆是男人。女人们不进屋，只远远地在门口瞅一瞅，都说怕丑。那样子太丑，丑死人了，老是把个裤子褪下来，一双手还死死地卡住那处。

天是湛蓝湛蓝的。山是碧绿碧绿的。云是雪白雪白的。水是幽青幽青的。

床上尽是尿。褥子、稻草全是湿的，床下也是湿漉漉一片。

没法子给他接尿了。你去接时接不着，刚把竹筒筒放到床下，他那尿就出来了。

蓦地有人醒悟，他把裤子褪到膝盖，他双手卡住那儿，他是怕尿湿了裤子，他是想卡住不尿。

好一个讲究精致的人呵！他心里其实清白。

清白也没法了，没法了，要去的人了。

要去你就快点去呵！少遭些罪，也少磨些人。

他的头上、脸上，挤满了饭蚊子，黑鸦鸦一片，赶也赶不走；用扇子一赶，"嗡"地飞起，四散开；过一会儿，又聚集到他的头上、脸上。

只有这讨厌的饭蚊子，满街坊都是，家家户户都是，打也打不完，毒也毒不尽。办法想了天多，买那专毒饭蚊子的药，拌入饭中，放置桌上，毒死一堆一堆的，照样有；买那灭饭蚊子的玻璃罩，罩子四周放满水，淹死一缸一缸的，照样有。

天多！毒不完，淹不尽，也就算了。好在是些饭蚊子，不是绿头苍蝇——尽管外地方人也喊那作苍蝇，尽管通街坊只有他一个人喊那作苍蝇。

他至死仍不改口硬将饭蚊子喊作苍蝇。

那时他还被称作后生。那时他长得标标致致、秀秀气气，惹得好多黄花女子动了心思。那时他是除四害的积极分子。

除四害中发生了些争执，就是饭蚊子到底应当归打苍蝇队打呢，还是应当归打蚊子队打。

他将饭蚊子归于苍蝇类。也就是从那时起，他不再喊饭蚊子，只喊苍蝇。他将饭蚊子归于苍蝇类是基于他翻遍了完小读的书的。虽然他没能找到饭蚊子就是苍蝇的直接依据，但依据那形状——和苍蝇一模一样，仅仅就是小一些，且其习性不光是在饭桌上萦，也在臭水沟边茅厕里萦而确定。

那时他挨家挨户做宣传，讲饭蚊子就是苍蝇。

他走了几家后，再进人家，那人家就抢先说话。

"你说饭蚊子到底是苍蝇呢，还是蚊子？"

这是模仿他的口气说的。街坊上的消息比电报还传得快。他在先头几家讲的话，全街坊都晓得了的。

"饭蚊子就是饭蚊子，亏你读过书，硬要变成苍蝇！那苍蝇是萦什么的？饭蚊子又是萦什么的？"

不待他开口，活拖了他就走，拖得他跟跟跄跄，一直拖到屋后茅厕。

茅厕其实就是一个近人高的大圆桶，下半截埋在地里，桶上架两块木板，围半张破篾席。

人一去，桶里的苍蝇一哄而起。

"你看，你看，你看这里边可有一只饭蚊子？"

"你寻，你寻，你寻出一只饭蚊子来我活吞了它！"

他虽然正是气盛时光，偏偏就没有什么脾气。他挥手赶开几只飞到头顶来的苍蝇，掉转身子，盯着臭水沟。

他眼睛顿时发亮。

他说，你看，你看，那水沟边不尽是饭蚊子么？他说饭蚊子是不光紊饭菜的，什么脏地方都去紊的。他说你老人家想想，想想，它紊了脏地方，沾满了细菌，又紊饭菜，人吃饭菜，还不就将那细菌全吃下去了么？吃了细菌，那是……

他的话还没讲完，耳边蓦地一声吼。

"那是，那是！那是你个鸟嘴！老子吃了几十年，也没看见得个什么病！老子吃得，做得，不像你个讲精致的，三根骨头挑着个脑袋……"

他之所以秀气多少是因为有点单瘦。

"哼，硬要把个饭蚊子说成苍蝇，哼！老古辈子几百年、几千年，我也活了几十年，还分不出个饭蚊子和苍蝇呀？还要你来教呀？呸！"

自此后，街坊上都笑他有点蠢。

自此后，街坊人个个仍喊饭蚊子，只有他喊苍蝇。

饭蚊子年年增多他也渐渐老了，街坊人便不再笑他蠢，只讲他有怪癖。

老鼠在屋里窜来窜去，"吱吱"地叫。

只有这号死老鼠子，天大的胆，白天夜里都不肯安宁，鸡仔仔都被咬死好多！

就有人提醒，要注意着呵，要时刻注意着呵，他老人家万一落了气，就不能离人哪！要是被老鼠子咬去块肉，就不好入殓哪！

老鼠子抠眼珠子哩！那一回，对面曹八娘摆在门板上，守灵的人只打了个盹，唉！

落气炮早准备好了。五百响的鞭炮。只待他双眼一闭，便燃响。

他的眼终不闭，人却又如同没有了气息一般，一动也不动，任凭饭蚊子萦来萦去。

有人走拢去，想探探他的鼻息。

他喉咙里猛地咕噜一声，如同要吐出一口浓痰，其实只是咕噜出含混不清的一句。

那人便赶紧往后退，退出屋门，说：

"好强的命，硬不肯去！"

知道他一时还不肯去，挤在门口看的人便陆续散去。

屋里的光线渐渐暗下来。饭蚊子不再萦萦，伏在他头上、脸上，不动。

他的眼大睁着，盯着八仙桌上那只红漆竹壳热水瓶。

那只热水瓶，跟着他几十年了，红漆没有脱落，竹片没有断折，连瓶胆都没有换过一次。

那只热水瓶是他的荣誉见证，是三爷亲手奖给他的。

那时三爷是镇长。三爷当镇长的一个晚上，月亮好圆好圆好亮好亮，街坊上坐满了人，至少有百把人。他接过三爷镇长递给他的红漆竹壳热水瓶，像捧浑身长满黄绒绒毛的小鹅仔一样捧在怀里。

三爷在奖给他红漆竹壳热水瓶后还讲了几句话。三爷说，大家从今后都要照他讲的那样做，要喝开水，不要喝生水；开水消了毒，生水有病菌。也得学一学，也得改一改！

三爷大手一挥说，从明天起！

三爷咕嘟嘟灌了一大碗水。

三爷灌的是那口井里的水。

那口井，好馋人。清洞洞的水一眼望得到底，清冽冽的水一荡漾起来把人的身子骨都荡软了。冷天里，望一眼那口井浑身就不觉得冷，那口井里的热气直往外鼓，越鼓越高如升腾云雾。热天里，只要一到那井边，身上的热汗就会自动收敛。

那口井呵，他对它是敬若神灵、爱若儿孙。

他曾第一个跪在那井边，双手合十，如老人们对着观音菩萨、圣帝老爷般虔诚。他口里喃喃自语，但绝不是祈祷，而是欢喜得不知说些什么好，欢喜得竟至无话可说，只能不住地嚅动嘴唇。

他跪在井边，颤抖着伸出双手，将双手浸进井里。他要捧水，却捧不上水。他是两手分开，手指叉开，如同捧柴火一般去捧那水。

他捧了又捧，捧了又捧，终未捧上，便使劲往上拂水，拂得满脸满头皆湿。他眯起眼睛不住地晃着脑袋，如晃拨浪鼓。

他猛然停止了晃动，将头狠狠地扎进水里。

他咕嘟咕嘟如牛饮水一般喝饱了一肚子井水，喝饱了这口他亲手打出来的井水。

他站起，整理好衣裤，拍掉身上的灰，脸上充满神圣的光泽。他弯下腰，双手如抱井，转过身。

他打出了街坊上唯一的这口水井，他第一个喝饱了这口水井的水，他宣布从此后不再喝这口井里的生水，他宣布将这口井献给街坊，街坊人从今后都来这口井里挑水，把井水挑回去后一律得烧开，大家喝开水！

小镇建了撤，撤了建；建了又撤，撤了又建。但建也好，撤也好，街坊人总是在那口井里挑水。

他的眼睛盯住了街坊。街坊上有人挑着水桶过去，有人挑着井水过来。他似乎有点兴奋。

他又看着对门。对门那三岁的小女孩跑进屋，揭开水缸盖，舀起一勺水，喝了个痛快；然后唱着什么歌——他当然的听不清——欢跑着，小屁股一摆一摆。

他似乎想笑又似乎要叹息，他为街坊人打出了井，他要街坊人不要喝生水，他讲了一辈子，到头来街坊上只有他那只红漆竹壳热水瓶是唯一装开水的。

唉，唉，这么讲精致的人也只有这么长的命！街坊人皆叹息。叹息之余又有点急，他还没有去。街坊人倒不是想要他快点去，而是唯愿他少受点罪。

他没有儿女。

他曾有过女人，但女人后来和他分了手，和和气气的。

走了的女人没说他什么，一句也没说。只有他自己心里清楚。

他为什么还不去呢？他还有什么放不下心的事儿，还有什么要交代的话呢？

他也许在等谁。

街坊人忽地发一声喊，好了，好了，三爷镇长来了！

三爷早已不当镇长，什么也没当了，但街坊人当着他的面绝不会去掉镇长二字。

三爷雷急火急跨进他的大门。

"老侄啊老侄，你怎么就抢在我前头要走了呢？你要走了也得告诉我一声，我可是最看得起你的哟！嗬，嗬，老侄啊，你不闭眼只有我晓得你为什么。我晓得你是还要看一看我，我晓得你是还要听听我的声音。老侄啊老侄，你是难得的好人哪，好人！你这样的人太少了哟，你怎么还走得这样急呢？老侄啊老侄，我他妈的若还是当年，若再来个除四害打水井，我他妈的还用你！"

三爷的话似乎讲到了他要听的地方,他似乎点了点头,但又似乎在摇头,那双眼睛,反而鼓得更大。

三爷恍然大悟。三爷看见了伏在他头上脸上的饭蚊子。三爷将手猛地一赶,饭蚊子"嗡"地腾起。

"老侄啊老侄,这饭蚊子就是苍蝇,啊,就是苍蝇!我也认准了它就是苍蝇,从今后我就带头来喊苍蝇,通街坊的人统统要喊苍蝇,喊苍蝇就好知道它的危害,知道了它的危害就好动手消灭。啊,老侄,我他妈的这就下命令!"

三爷想着这一下讲准了——这个有怪癖的好人呵,什么大不了的事呢!饭蚊子是苍蝇也好,不是苍蝇也好,讲讲还不也就算了,他还真当真了,当真了一辈子!

他还是依然鼓着眼。

三爷在屋里转起圈圈来。转着转着,三爷眼亮了,三爷也盯住了八仙桌上那只红漆竹壳热水瓶。

这个怪人呵,他是还未了却要街坊人喝开水的心愿。也怪不得他呵,他这一辈子……他曾说过,他这一辈子非要改变改变街坊不可!可是他就要死了,那饭蚊子还是被喊作饭蚊子,喝开水的还是只有他一个!

三爷抓起红漆竹壳热水瓶,举到他面前。

"老侄啊老侄,你听着,我他妈的讲话向来是铜盘里滚豌豆——算数的。我就要街坊人家家买上热水瓶,买上和你这个一模一样的红漆竹壳热水瓶,我就要家家喝这热水瓶里的水,倒出来就是滚烫滚烫的!老侄啊,你听明白没有?我来替你改变呢!我保证能替你改变呢!"

他依然如是。

三爷也无法了,只得叹声长气,走出屋,摇着脑袋说:"怪好人呵怪好人!讲他一世精致,到头来还是他最先走。"

111

街坊上又是一片喊,嚛,她来了,她来了!是她?是她!

走了的女人回来了。门口又挤满街坊人。

女人一见他,眼圈儿红红的,但没哭。

女人说:"你放心去吧,去吧,我回来了,我回来看你了。"

女人揭开那红漆竹壳热水瓶盖,倒出一杯开水,送到他嘴边。

女人说:"你喝吧,喝吧,我晓得你一世除了吃饭就只爱喝口热开水,你喝了它就安心地去吧!"

他没有表示。女人顿时哭出声。

"热开水你也不要了呀?!那你到底要什么呀?你说呀,你说呀!你说了,我剜肉卖钱也要给你呀!"

他好像嫌女人挡住了他要看的地方,女人立即明白,立即闪开身,看着大门外的街坊。

街坊上又有人挑水过来。

女人猛然倒掉杯中的开水,快步走出去,走到那挑水人面前,抓住水桶索,伸手舀起一杯井水。

"我晓得了,晓得了,你戒生水戒了几十年,也想喝一口了。你喝吧,喝吧,人人都喝,我也喝了一世了,我还在你后头……"

他的喉骨结立时蠕动。

女人扶起他,将井水递到他嘴边。

他的手竟然动起来,紧紧抓住那杯子,他抓得是那么紧,那么紧,竟至无人能掰开……

寻找靓黑

一

春雨霏霏。我在春雨霏霏中寻觅。

田里的红花草,在霏霏的春雨中,如同被拔着骨节儿"嘎巴嘎巴"脆响,一个劲儿地往上长,霎时间绿了田野,也红了田野。

绿的是茎,红的是花。

红花草绿了田野也红了田野的时候,该开犁了。

"开犁喽!"

从红花草泛起的彩浪里,蓦地迸出一声大喊。

我分明听见,那喊声,是从我自己的心里迸出。

犁路一开,肥沃的黑土往一边翻卷着,红花绿茎便纷纷栖身于泥土下,又成了田地的肥料。

二

一头牛。一头孤零零、可怜兮兮地立在禾坪上的黑牛。

……

将牛牵到禾坪上。牛不知所以地、很温顺地站立着(也许它非常清楚即将面临的一切,但不做毫无意义的抗拒,因为它已经为主人耕作了一辈子,温顺了一辈子),低着头,任由主人请来的杀

113

牛把式围着它转。杀牛把式也很温顺地,绕着它慢慢地走,其实已经将绊牛索放在它的四条腿下,且摆成了圈套。于是走拢来四个汉子,悄悄地抓起绳索头,突然一声吆喝,齐齐地将绳索扯起,但听得砰的一声轰响,偌大的一头牛,便立时四脚朝天,倒在禾坪上,一动也不能动弹。

杀牛把式蓦地亮出一把长尖刀,狠狠地、准确地,捅进了牛的脖子。

牛血,立时喷涌而出;牛,依然大睁着眼,被缚紧的四腿,只是本能地、痛苦地抽搐。

杀牛把式放下长尖刀,双手呈捧状,放在那牛血瀑布下,一大捧、一大捧地往嘴里送……

狗儿,在充满血腥味的场地转着圈儿,在逐渐断气的牛周围转着圈儿,露出贪婪的神色,而又着力向杀牛把式讨好,不停地摇着尾巴……

孤零零、可怜兮兮地立在禾坪上的那头黑牛,却仿佛不甘愿等那杀牛把式到来。它尽管已多日不能进食,却认为自己的生命并未走到尽头。

它拼尽全力地哀嚎。

它的哀嚎如同在喊着冤屈,诉说着此刻杀它的绝对不公,因为它立下过多少功劳呵!就在数天前,它还在为主人播撒红花草籽的田地犁着排水沟哩。它是那么的有劲而又卖劲,一丘既长又宽、状如小平原的田,它拉着犁,根本用不着主人吆喝,一口气就拉到尽头,身后犁出的排水沟,两点一线般笔直。可就是因为突患了不知名儿的怪疾,主人也许以为就是绝症,但它自信不是绝症,仅仅只是无法吃下草料而已;即使患的就是绝症,也不应该这么快就对它执行死刑哪！

它不能不觉得冤屈，它不能不哀嚎，它的哀嚎又如同盼着一个正直的法官快来，为它撤销这即将到来的酷刑。

生和死的极限，就在它的哀嚎中。

三

我其实不是它的主人，或者说，不是它的真正主人。

但我和它有着如同主仆一般的情谊。

收割完晚稻，田里种上红花草籽后，便到了"牛放南山"的季节。

在"牛放南山"的季节里，每天清晨，我都要来到它的"单身宿舍"。这个时候，它那大大的牛眼睛里总是充满欢快，似乎仍保留着对往日业绩的无比陶醉。它整个的牛身保持着光洁和紧凑，仿佛经常做着健美运动。特别是那条毛色亮泽的牛尾巴，让人想到将大姑娘垂在脑后的又粗又黑的长辫子来与其比拟是何等的贴切。

它不用我牵，也不用我赶，我们默契地朝山坡走去。一路上，或是它的尾巴甩动，或是我的牛鞭挥舞，抖落下无数晶莹的露珠。

与其说是我放牧着它，不如说是它陪伴着我。当它吃饱了青草，太阳也就照到了山坡。我坐在石板上看书，它来到我的身边，静静地，饶有兴趣地看着我，以及我手上的书……当我在石板上躺着时，它就守候着我，不时挥动那毛色亮泽的尾巴。

秋末的中午，太阳的温热让人格外地舒服。我躺在青石板上看书，看着看着便迷迷糊糊地睡着了。突然，似有鞭子狠狠地抽在我身上，我被疼醒，睁眼一看，它正用那条毛色亮泽的牛尾巴抽我。我勃然大怒，呔，你竟敢抽打你的准主人？！我正要大发准主人之火，却见它前腿低俯，后腿高撑，牛头自下往上而昂，举着两只弯而锐利的牛角，朝前方"牛视眈眈"……

一条碗口粗的土花斑蛇，正朝我躺着的石板悄然而来。

面对着越来越近的土花斑蛇，它扬起一只前蹄，朝土花斑蛇做狠踏状，这只前蹄刚一落下，它又扬起另一只，两只前蹄相继猛蹬，如击鼓点，如要突然出击；而后四蹄又刨起灰土，像画警戒线；旋又转动尖利的牛角，似发出最后的警告：不准再往前来！

我从石板上站起，下意识地拍了拍它那高高撅起的臀部。它一得知我起来，便也迅疾地让出防线，躲闪到了一边。

它其实害怕那碗口粗的土花斑蛇，但在我没有醒来之前，它是决然要守住那最后一道防线的。

多生活在水田田埂洞穴处的土花斑蛇，以食田鼠为主。秋末已至，冬日将临，显见得，它是要回归冬眠的安身之处。

晒得烘热的青石板下，许就是土花斑蛇觊觎已久的温床。

我随着黑牛躲闪到一边，黑牛又威武地甩动起尾巴。它似乎为我增添了一句挽回面子的台词，那就是，不屑与这就要冬眠的家伙为敌。

它一威武地甩动起尾巴，我就将手中的竹竿牛鞭使劲地挥舞。"蛇怕竹竿"，那条碗口粗的土花斑蛇，不见了，许是钻进了洞穴……

四

禾坪上的哀嚎仍在继续。

我明白，它哀嚎是要我帮它躲过那杀牛把式的长尖刀，因为它还太年轻，因为它得的不是绝症。

无论是出于准主仆关系，还是出于朝夕相处的情谊，我都应该给它最后一点温情——我不能不来到它的身旁。

我一到它的身旁，它就停止了哀嚎。它只是用那双已经无神的眼睛，乞求地望着我。

我伸出手，探进了牛毛中。然而，我摸着的，已不是那光洁紧凑的牛身，而是如刀背般的骨头架子。我忧伤地叹了一口气。

它知道我叹息的意思，它知道我很有可能因它这副模样舍它而去。它立即又哀嚎起来，这回，还将它的阔嘴巴贴着我的腿，沾些许黏黏的唾沫在我腿上。

这黏黏的唾沫让我浑身一震。它，它，难道真有记忆？

它要用它的记忆，来唤醒我的记忆？！

田里还结着冰，我就打着赤脚到田里翻肥料凼子——"破冰翻凼"。

山乡的田留有一种冬浸田，不种红花草。田里的水稻收割完毕后，翻耕过来，放上水，在田里打上数个直径约一点五米的圆凼，凼里堆积草皮等有机肥料，直浸到来春，其间得翻动一两次，以让其充分发酵。

我拄着钉耙下了田。一个凼子还没翻完一半，我已冻得浑身骨头直打战。

好不容易翻完一个凼子，我赶紧往田埂上走，两条腿却已经不听使唤，每走动一步，就传来像被刀子刮似的刺痛，硬撑着上得田来，只觉得两条腿就要冻折。

忽然间，"哞——哞"，传来了它的呼唤。

它瞪着两只大大的眼睛，那眼神里，竟充满了母性的温情。它似乎说，哎呀呀，你怎么冻成了这个样儿！快来吧，快来吧，快到我这儿来吧，我给你温暖。

我一瘸一拐地进了它的"宿舍"。

我一进去，它那光洁紧凑的身子就朝我贴来，我忙将两只快被冻僵的手塞到它的脖颈下，全身匍伏在它身上。它脖颈处的皮肤最柔软、最细滑，那褶皱处温暖地覆盖着我的手；它的体温，立时传遍我的全身；它那原本不无粗糙的鬃毛，此时也令我觉得柔润无比。而更令我觉得不可思议的是，它偏转头，伸出舌头，开始舔我的泥腿。它是那般小心翼翼地舔着，将我腿上的泥舔得干干净净，那温润的唾液，黏黏地糊在我的腿上，就如同给抹上一层防皲膏、护肤霜。它做着这一切时，我突然想到了"舐犊之情"这四个字，并且似乎真正懂得了这几个字的含义。

……

此刻，是它到了万般无奈之际，它便又贴着我的腿，使得我眼前不能不浮现出它偏着头，为我舔着泥巴，然后噗噗地喷吐着泥浆的情景。

我，不由得搂紧了它那瘦骨嶙峋的躯体。

我无言，它也不再吭声。

禾坪上死寂的气氛，被一串杂乱的脚步踩碎。

杀牛把式来了，后面还跟着几个汉子。但杀牛把式看一眼它，便露出很瞧不起它的神色。杀牛把式认为，根本就不需要他人帮忙，就连那绊牛索都不用套，他一个人就能将它宰了。

"让开！"它的主人对着我喝一声。

我蓦地迸发出了英勇气概，我说把它交给我，到来年开春时，我还给你一头耕田的牛。

杀牛把式说，老侄哎，它都这个样子了，已经只有一口气了呢，还能救活的大话就不要说了。

我说它仅仅只是吃不了东西，饿瘦了而已，这人不也有吃不下饭的时候么？

它的主人说，你懂个什么？它有不有救我还不晓得？！

我说，你老人家不是常说，人畜一理，人畜一理么？！人得了绝症，明明知道治不好也得想方设法去诊，牛得了绝症就得赶快杀了啊？！何况它得的不是绝症。

我敢说，它绝对能听懂人的话，因为战战兢兢贴伏着我的它，竟感激似的甩动了几下尾巴。

我赶紧说，你看，你看，它知道你舍不得杀它，我也知道你舍不得，哪有愿意杀自家牛的人呢？

也许就是它通人性的、在关键时刻甩动的这几下尾巴，抑或是杀牛把式说，就算杀了它，这病牛的血和肉只怕也是吃不得了的，使得它的主人将它交给了我。

我暂时救下了它，然而，我能治好它吗？

它的主人看似心狠，其实已经尽了力，凡是能找得到的兽医，他都找了；凡是能使用的偏方，他也用了。

我有什么方子救它呢？没有。我有什么药给它治疗呢？没有。

我只是和它到了一起，让它得到慰藉，让我的心安宁。

我忽然想到听说过的事情，听说有人得了癌症，一不去住院，说是进了那肿瘤医院就没有几个能活着出来；二不去搞化疗，说是那玩意一化，癌细胞没化死，好细胞全化没，死得更快。说是要想多活几年，凭着的就是个心理因素，不拿那癌当回事。然而，真要具有不把那癌当回事的心理岂是易事？家里人伤心、亲戚忧虑、朋友叹息，那人成天被笼罩在死亡的阴影里。于是他干脆就躲进深山里,寻着什么吃什么——嘿,好了,没事了。

不管这事是否真实,我决心去试一试。既然人有那样偶然的机遇,牲畜应当也有。

人畜一理,人畜一理。

五

实在说,得感谢那条狗,很丑很丑的一条小黄狗。

很丑很丑的小黄狗不知是怎么依附上我的。也不知它是从哪里出来的。当我坐在当年看林人住过的板壁木屋的地上,对着黑牛絮絮叨叨,哄着它一定得吃点东西时,这条小黄狗突然出现在我面前,畏惧而又讨好地摇晃着尾巴。

一条被遗弃的小狗。

这条小狗之所以被遗弃的原因一看便知,因为它那样子实在是太丑,毛色虽是黄的,但如那快腐烂的黄叶;说它是小狗,其实不是说年龄小,而仅仅只说身躯。它那身躯与其说像条土狗,不如说像只土猫,充其量也就有只土猫那么大吧;它那张狗脸,已是明显地有着老态,额头上布满了皱纹。这是条上了年纪但自小发育不良、没能长大、早早便被遗弃的小狗。

瞧着它那丑陋的样儿,我真想把它赶走,可我想到自己,我自己不也是如同被遗弃的孤儿?身旁只有一头并不属于自己,且看来确已是病入膏肓的牛……

我收留了它。我的所谓收留仅仅只是给它吃了一坨剩饭而已。

然而就是那么一坨剩饭,它便从此不肯离开我了。

它的不肯离开我,并不是时时刻刻跟着我,它该干什么照样去干什么。当然,我也不知道它究竟是去干什么。总之,它吃完那坨剩饭就不见了，但当我一走出板壁木屋，它就摇晃着尾巴出现在我身边了。之后不管我再给不给它剩饭，它反正是隔一段时间出现一次，且从不乱叫。

卑微，已使得它总是默默地自我忍受。

晚上它睡在哪里，我不知道。但第二天，我一打开门，它就跑了进来，且欢蹦乱跳，高兴得不行，似乎它终于有了一个家。它想往我身上蹦，但它有自知之明，知道我不会喜欢它这么一个丑陋的家伙，和它那一身肮脏的皮毛。

我没有心思理它。我甚至抬脚对它做踢状，要它滚开。它有点无可奈何，却又毫不计较地走了。过那么几个小时，它又来了，又是在我身前身后欢蹦乱跳，却又提防着我会突然给它一脚。

这天下午，当它又出现在我面前时，我吃了一惊，它的脑袋，不知是被什么蜇了，或者是中毒了，整个的完全浮肿了，浮肿得让人见了恶心。我这回是真的抬脚朝它踢去，大声呵斥道，滚滚滚，看你这副样子，吓死人。我这么一骂，它转身就跑得不见了踪影。

我想着它不会再来，它也许会因中毒而死在山里某个它藉以歇宿的窝。我心里又有点不忍，可我旋为自己辩解，我对这头牛都没有办法，还有什么办法再去救那么一条丑狗呢？然而，第二天早上，我开门的声音一响，它从门缝里钻了进来，它猛摇着尾巴，甩着脑袋。它脑袋的肿竟然完全消了，什么异样也看不出来了。

它好像要特意让我看个清楚，总是跑到我对面摇晃尾巴、摆动脑袋。当我终于想去摸一下它的脑袋看个究竟时，它撒欢地跑开，跑到黑牛身边去了。

它在无精打采的黑牛身边摇晃着尾巴，跑来跑去。当我走拢时，它突然朝门外跑去，但刚跑出门，又返回来，围着黑牛转几个圈，又往门口跑去。

它再一次返回时，似乎想咬我的裤腿，但它还是有点怕我，只是做了个咬裤腿的样子,便往门口跑。

黑牛明白了它的意思,黑牛冲着门口叫了几声。

我突然醒悟,这只丑陋的小狗呵,这只身躯虽小,但已饱经风霜、在山里闯荡惯了的狗呵,它会寻药。

山里的百草,能创造出令人诧异的奇迹!

寻药消肿已是事实,它已经证明给我看了。我猜测:它的脑袋之所以肿,而又之所以消肿,是为了黑牛!因为,它见我的一门心思都在那头牛上,它知道是因为牛病得厉害的缘由,如果它能把牛的病治好,那么肯定能得到我的好感,能成为这个"家庭"中的一员。于是,它自己去试用药,以让我相信它的能耐。如果是肚子痛或是别的什么内病,我不可能看出,只有脑袋肿了,才会引起我的注意……

这虽然是我的猜测,但接着而来的,就是活动的实在场景:

随着丑陋的小狗的"汪汪",黑牛跟在后面"哞——"地叫着,往门口走去。我听得那黑牛的"哞"声,似乎气壮了些须。它大概是感觉到生路已经出现。

我抓起牛缰,要牵着它走,丑陋的小黄狗却不动了,它踞坐于地,两只前爪蜷曲,看着我,闪动着不知什么意思的眼神。而原本就温顺、此刻已没有多少力气的黑牛,竟似乎要挣脱缰绳。我蓦地想到,这些畜生,它们是不是不愿意我去?畜有畜道,它们,也许有它们不愿让人知道的秘密。

反正是"死马当作活马医"了,我将黑牛的缰绳打成一个结,挂在牛角上,拍了拍它那已是尖瘦的臀部,说声,去吧去吧。那丑陋的小黄狗立即往前蹦去。

黑牛和黄狗走了。它们去大自然"访医寻药"去了。

它俩一走,板壁木屋里顿时空荡荡的,我这才感觉到,有它俩在时,多好!

我不安地等待着。

暮霭开始浮动于山冈。我倚在板壁木屋的门框上，望着虽有落叶飘零但依然葱郁的山林。

我的心，似有寂寞的虫子在啃啮。

它俩如果不回来，或者是回不来了，我该怎么办？

寂寞伴随着焦虑。

越是盼着它俩快点回来，心里就越是忐忑。我站也不是，坐也不是，在门口望一阵，到屋里转几圈，又倚靠在门框上……后来我才体会到，这种心情，就像等待恋爱的对象。

终于，远远的树丛里，传来那丑陋黄狗的吠声。吠声从树叶的缝隙跳跃而出，瞬间就到了我的面前。

后面，传来黑牛的哞叫。

"丑黄，丑黄！"我下意识地喊出了这个名字。

我一喊丑黄，丑陋的小黄狗就知道我是喊它，它直蹦着扑入我的怀中。

我，不由得抱紧了它。

六

丑黄每天早上带着黑牛出去，傍晚领着黑牛回来。它到底指点黑牛吃了些什么，包括它自己那肿胀的脑袋是用什么消的肿……也许永远是它的秘方。

黑牛闯过了死的极限，又回到生的循环。它的毛色渐渐滋润，它那有着一条白花纹的牛鼻子又响亮地哧哧着，不时喷出些吸进去的雾气。只是它那宽宽的牛嘴巴左右磨动时，嘴角边常淌出些须白沫；而那条长长的脖颈上的牛皮怎么也恢复不了往日的光洁，显得有些颓丧，有了许多皱褶，还折叠在一起往下垂吊着，像干瘪垂吊的乳房。

它如同一个身患绝症，却从死亡边缘走回来的人，苍老了不少，但我却在这个时候给它起了个早就该起的名字：靓黑。

当亲眼看到一条垂死生命的复苏，当生命的奇迹在意想不到处发生，当亲身体会人畜一理的绝非玄虚，当着实领略了生灵相济的情深义笃……那种感觉，实在是无法描述。我望着大山，仿佛听得见大山的心脏在跳动；我看着绿树，仿佛绿树都在渴望挣脱那根深蒂固的脚镣。

七

我和丑黄、靓黑如同一家人般生活在板壁小屋中。

丑黄比获得新生的靓黑还要兴奋，它大概觉得，漂泊流浪的它，终于有了家；因为丑陋而总是被人嫌弃的它，终于有了再也不会抛弃它的主人。

丑黄与我形影不离。它总爱伏在我的身边，做沉思状。它在思索什么呢？我不知道。它也许还在回想，这温馨安宁的一切，是怎么来的？

原本从不乱叫的它，现在只要板壁木屋外一有风吹草动，就要狂吠，仿佛怕有什么来打扰这平静安宁；它一开叫，便作出搏斗的架势，随时准备扑击。它自觉地成了这板壁木屋的警卫。它那小小的身躯，其实蕴藏着令人难以置信的智慧、经验和力量。

随着靓黑体力的逐渐恢复，我给它在板壁屋外盖了间新屋，我用杉木刺做墙，用杉木皮做瓦，墙上糊着黄泥，门上还吊了根红布条。靓黑一住进去，高兴得"噗噗"地直喷响鼻；我给丑黄砌了个新窝，我用竹篾夹着松枝，编成拱形门，门上也吊了根红布条。丑黄看着它从未有过的漂亮新窝，摇着尾巴围着窝儿直打转，最后一头钻进去，身子蜷缩成一团，不停地眨巴着眼睛。

我一打开板壁木屋的门，雾气中就传来靓黑的招呼、丑黄的问候。

靓黑的招呼在我听来是那么的美妙，美妙得富有青春的磁性——仿佛是黑暗急速地在向光明旅行，仿佛是生命的再一次欢快降临。

丑黄的问候在我听来如银铃在山风中摇曳，如融化的冰柱击打着解冻的小溪。

当我在板壁屋外，躺在松软的枞须堆上看书时，它俩则安静地守候着，不吵不闹。丑黄伏在地上，两只前爪伸直，后腿也伸直，身子竭力扯长，小脑袋微微扬起，那样式，实在有点像个趴在地上玩耍的小孩。靓黑则在我的旁边温顺地站立着，低着头，像个随时听从盼咐的书童，就连垂在臀后的那条长长的尾巴，也只是轻轻地、小幅度地甩动，唯恐弄出些声响。

我们在一起度过了许多欢快而又宁静的时光。在心的憧憬里，那生命的美的韵律，如淙淙流水不停地日夜弹唱。

这一天，我给丑黄做了个小脖铃，给靓黑做了一个大脖铃。我给它俩戴上脖铃，让它俩出去。我则悄悄地跟随在后，看看它俩到底要去哪儿。

它俩走动起来，脖铃就铃铃地响得清脆。我突然发觉，它俩竟是往下山的路而去。

走到下山的路口，它俩站住了。

靓黑伸着脖子，昂着头，朝着山下的田野"哞——哞"而叫。

我这才想起，山下，已是到了红花草快翻起彩浪的时节。
……

附记：

在又一个红花草盛开的日子，我回到山乡，却不见了靓黑和丑黄。靓黑的主人告诉我，靓黑死了。靓黑是这么死的：连续几天大雨后的傍晚，主人的小孙子牵着靓黑回家，见路旁的高墈下结满了红艳艳的泡（野草莓），小孙子抓着牛缰下去摘泡，一失足，被悬在墈下，小孙子高喊救命，靓黑便往后退着将小孙子往上拉，被雨水浸泡多日的高墈轰然垮塌……丑黄则在一个冬日被人偷偷打着吃了。打狗的人后来说，那其实是一条很老很老的小狗，根本就炖不烂。

雪轨

一 WG

看不见茫茫林海，也看不见连绵起伏的山峦；只看见一株已无力支撑躯体的柞木，在雪地里挣扎，在雪地里呻吟。那种呻吟如瓷片尖儿在玻璃上不停地划动，划得人心里一阵阵发麻；又如夜半的老鼠在啃着空荡荡的米桶，啃得人恐慌得如浑身爬满蜘蛛般。

两行脚印，往不知边际的雪地延伸，深一脚浅一脚，歪歪斜斜地终于乱成一团，蹂躏起一片雪泥。

空旷的寂寞啮噬着我的心。我极想从单薄的衣袖内抽出一只贫血的手去抚摸伤痛，但又不知该抚何处。

远离了村庄。远离了一道道的干沟、一带带的褐土崖，还有那满坡满野的冬茅草，以及掩在冬茅草中静默无声的坟冢。

我曾经蛰伏在冬茅草中，紧贴着一座拱突的荒坟，极其颓丧地数着天上并没出现的星星。我发现那些星星如同我曾撒在一块自留地里的苋菜种子，没有吐出一根新芽，也没有冒出一点新绿。肃杀的山风翻卷着枯燥的冬茅草，在漆黑的夜里泛起一股一股的浪潮。凄白的浪潮时而将我淹没，时而将几近赤裸的我抛上阴森森的坟冢。当又一股凄白的浪潮将我彻底淹没时，我感觉到身下的荒坟在颤动，有一道裂缝在迸开，有一双无形的手在死命地攥住我，将我往那迸开的裂缝中拽扯。我拼尽全力挣扎。我惊恐地大叫，但叫不出声。我连滚带爬地跑，但根本就挪不动脚。

"你真的不能留下来吗？"我再一次绝望地向和我并排在雪地里践踏着雪泥的支力发问。

"你还留两天，好不好？再陪我两天，就两天！"

他不吭声。他那颗毛蓬蓬的头倔强地朝上昂着，如同用绳索捆绑着搁在瓜架上的毛冬瓜，一动不动。从一层叠一层的灰色云雾中射出的太阳光针一般扎着他的双眼，他那两只豺狗般的眼睛连眨都不眨一下。

"你一定要走？"

"走！"他终于吐出了遗留在空旷的雪地上的第一个字。

"你一定要走，我也不能留你，我只求你再待一天。"我已近乎乞讨。

此时的我甘愿向他乞讨。此时的我唯愿他能施舍。我只求他能施舍一天的时间，施舍本来无论对于他还是对于我其实都是毫无意义、毫无价值的一天时间。

他的施舍却是一个"不"字。

他说出这个"不"字时，口气比垂挂在那株摇摇欲倒的柞木上的冰凌还要冷。

我浑身一颤，打了个寒噤。

我真想拼足力气捏紧拳头，对准他那张生硬而又漠然的方脸猛击一拳——不，对准他那张吐出"不"字的阔嘴猛击一拳——击得他嘴角流血，再看看他那满嘴的血是否有一丝热气，那不知是否有热气的血滴到雪地上，能否染出一幅精美的图画。

然而我没有捏紧拳头也没有揍他。他的阔嘴依然紧闭没有一丝血痕。地上的雪依然是那么光洁。只是仅仅几天后，他的血如涌泉横淌，雪地成了一口血的深潭。

我后悔没有揍他。

我不仅没有揍他，反而从绝望已极的脸上挤出一丝笑。我说你既然不肯留下，既然一定要在今天走，那么一定有什么急事，一定有你今天非要走的理由。

我希望他说是的，是有急事。我希望他说出一个理由，哪怕编造！

"没有。"这次他回答得很快。他说他没有什么急事，也没有什么理由，他只是一定要走，非走不可！

我的心几乎碎了。都走光了，都走光了！就留下我一个人了！

茫茫雪野中，我兀自独立；茫茫雪野中，他大步往前走，连头都不回一下。

我怀疑是虚无的苍冥用一道催命索将他捆走的。我当时却只是恨他，恨他连一点交情都不讲。

我又得回到那令人心悸的茅屋，回到那每夜都有"鬼"来纠缠的地方。望着他渐渐消失的背影，我突然想痛快地流一番泪，但无论如何流不出；我想从自己身上放出一摊血，放出一摊被人家认为连狗血都不如的血，但我又没有那种勇气。

我怕痛，我怕孤寂，我怕一个人单独待在一个地方。我什么都怕，其中包括死。

我永远忘不了那天的太阳。太阳照着无边无际的雪野，照着眯缝着眼睛在雪地上渐渐佝偻下去的我，还有那件他霍地脱下，丢在雪地上的黑色棉袄……

二 CK

我坐在小车里。小车在棉絮般的雪地上行驶，软软的、绵绵的，轻如行云的音乐在车中摇荡着。

车窗外有寒风在呼啸，它拼命挤搓着墨色的车窗玻璃，总想跻身进来，做着徒劳的努力。小车里的暖气太强烈，似乎总让人透不过气来。

我的头有点晕晕乎乎，我想是太暖和的缘故。我放下车窗，看着车外银白色的世界，车轮辗起的雪泥飞溅，把一幅美好的画面蹂躏得让人难堪。陡然涌来的雪风呛得我喘不过气来，我下意识地拉了拉绕在脖子上的羊毛围巾。

那毛茸茸的感觉令我想到了支力扔在雪地上的那件油光发亮、露出棉絮的黑色棉袄。我断定，我已经到了那时和支力分手的地方。

蓦地，我看见了那棵柞木，我断定我是看见了那棵曾经无力支撑躯体、在雪地里挣扎、在雪地里呻吟的柞木，它还是那样孤零零地傲突于雪地上，毫无掩饰地袒露着自己的一切。

我到这里来干什么呢？我究竟要到这里来干什么呢？我突然狠狠地问自己。

支力在这里和我分手后，他绝不是想去死；而是那么一走，正好撞进了死亡的怀抱。

如果他晚一天走，如果他再和我多待一天，也许就躲过了那一劫。可是他已经无法容忍自己作出的决定，他怕自己哪怕是多待一分钟，就会改变他的决定。

这一向，支力总是来到我的办公室，支力总是倔强地昂着那颗毛蓬蓬的头，张开他那张毫无血色的阔嘴，问我一个令我永远无法回答的问题。

支力说，二十多年了，我又是一条好汉了，可是你，你又是一个什么人了呢？

我说，你是谁？你竟敢这样对我说话？！

我惶惑地四望，旋即惶惑地愤慨。有谁敢这样对我说话呢？又有谁能这样地和我说话呢？这个支力，支力！支力是什么东西？

支力哈哈大笑，支力说他的确不是个东西，可他会时时刻刻跟着我！

我曾多次斥责过我的秘书，我说你不要随随便便让些个随随便便的人进到我的办公室来找我！我说你知道我每天忙得个不亦乐乎，从清早到深夜的忙乎都是你安排的，你还要让我来应付这种难以应付的人？！我这么说着时，秘书露出很难堪的神情，秘书说他从来就没应允过不符合身份的人来见我……我说，不是你安排的他能找到我吗？我的办公室又没挂牌子！我这么说时发觉自己有些失态，我连忙挥一挥手，说，你去吧去吧，我自己的事还是让我自己来解决。

三 WG

支力将我孤零零地抛在雪地上了。他一个人孤零零地继续往前走时，像猎户剥豺狗皮一样剥下了他那件已穿得油光发亮、露出棉絮的黑色棉衣。他把棉衣往雪地上狠狠一扔。

"我会弄到钱买件新的！"

他那最后一眼并没看我，而是看了看那株在雪地里瑟缩得发抖的柞木。

当支力彻底在雪地上消失后，我的耳膜里突然充满了一股挟狂风挟雷电的巨大轰鸣。这种轰鸣曾载着我，也载着支力，从南方到北方，又从北方到南方，几乎走遍了中国。最后，它如同剧涨的狂潮又陡地落潮，夹带着泥沙枯枝流向不知名儿的山旮角落，我再也听不到那种震撼人心的轰叫。

呵，久违了的轰鸣，久违了的驰骋。

我明明知道这是不可能听见的，但耳鼓硬是被充塞得严严实实。我心里蓦地一阵阵发慌，这是吉兆还是凶信？！

我但愿这是耳鸣——这是从山岭到平地因为地势落差造成的耳鸣。我抓起支力扔在雪地上的留给我的黑色棉衣，套到身上，开始一步一步往回挪。

我又回到了"齐头冲"，一个不知道为什么要叫"齐头冲"的山冈。陪伴我的又是满坡满野的冬茅草，以及埋伏在冬茅草中无声无息的坟冢，只是冬茅草和坟冢皆覆盖了一层白色的伪装。

这天晚上，我看见了支力。我看见支力走出雪原，走出林海，走出山峦，走出一道狭长的沟壑。两道钢铁铺就的平行线，顶着毛茸茸的碎雪，在他眼前像平躺着的女人的乳房一样轻轻颤动。支力兴奋地朝那种颤动扑去。这时一个挟狂风挟雷电的庞然大物急驰而来，支力大睁着两只豺狗般的眼睛，使劲勒了勒腰间的裤带，往左手板心吐了口唾沫，擦到右手板心，又在两只裤腿上蹭了蹭，朝着庞然大物一纵而上。

庞然大物依旧风驰电掣，跟什么事都没发生一样。两道钢铁铺就的平行线中，却多了一颗被齐崭崭切断的毛蓬蓬的脑袋；平行线外，横着支力的胸脯、支力的双腿。

支力那颗落在两道平行线中的毛蓬蓬的脑袋上，两只豺狗般的眼睛依然大睁着。纷纷扬扬的雪花被北风搅成了粉粒，粉粒儿重重地击打着支力的脸，他的眼睛依然睁着，一眨不眨。

一层又一层的雪粒儿企图覆盖已经分开了的支力的头和躯干，却被支力喷涌的鲜血一层一层地融化……

四　CK

我的手机响了。

我的这个手机号码只有很少的几个人知道,我将特意配在手机上的耳塞塞进耳朵。尽管我用手机用得并不多,但秘书说为了我的健康,避免手机辐射,还是给配了一副耳塞。

耳塞里,传出一个娇滴滴的声音。

是小郝,那个可人的小家伙。

小郝是我在一个休闲场所认识的,当她那双温柔的小手在我凸起的肚子上不停地摩挲着时,我突然问她:

"小姐,你老家是哪里的?"

我这样问她其实是一种营造气氛的前奏,总得让人家和你有几句话说然后才好进入下一步。我断定她是一个新手,因为她不会主动和她的客人套近乎。

我问她老家是哪里的纯粹是无话找话说,因为我知道小姐们的答复大多是假的。

但她的回答却使我吃了一惊。

她说:

"我老家是'齐头冲'的。"

"'齐头冲'?!是不是原来那个杨梅大队的'齐头冲'?"

她点点头,说:

"现在叫杨梅乡杨梅村。"

"原来那个大队书记姓什么?你还知道吗?"

"姓龙,龙书记。后来他在乡镇煤矿当矿长,再后来就不知道了。"

"副书记呢?"

"姓刘。后来当过村长,再后来也不知道了。"

"那么你姓什么?"

"姓郝。"

我努力翻开记忆。在我的记忆里,"齐头冲"没有姓郝的男人。

"老板,你好像对我老家很熟悉啊?老板你是哪里的人?"小郝问我了。

我没有回答,我还在思索着"齐头冲"有哪一家是姓郝的?

她以为我不愿意回答,就不再问。

温柔的小手,继续在温柔地起伏。在静默的温柔中突然迸出一句:

"老板,请你翻一下身,该为你按摩背部了。"

我霍地一下坐了起来。因为就在我思索着"齐头冲"时,我如同吃了安眠药一样昏昏沉沉地又到了那个"齐头冲"。肃杀的山风翻卷着枯燥的冬茅草,在漆黑的夜里泛起一股一股的浪潮。凄白的浪潮时而将我淹没,时而将几近赤裸的我抛上阴森森的坟冢。当又一股凄白的浪潮将我彻底淹没时,我感觉到身下的荒坟在颤动,有一道裂缝在迸开,有一双无形的手在死命地攫住我,将我往那迸开的裂缝中拽扯……我几乎天天晚上进入这同一个梦境。直到十多年后,还断断续续地梦着我又回到了那个"齐头冲"。

一从多年未见了的这个梦境中醒来,我朝外面喊了一声。

我的秘书进来了。秘书笑呵呵地说:

"老板,就完了啊?!"

"对,完了。"我跳下按摩床,就往外走。小郝慌了,急急地说:"先生,你还没做完呀。"我的秘书朝她狠狠地瞪了一眼,说:"你这个小姐,肯定是不会做,我们老板不满意。"

走到外面,我对紧跟来的秘书说:

"去,跟刚才那个小郝说一说,要她不要再干这个了。帮她换一个工作!"

秘书笑了一下。

我却在冒着冷汗。我怎么能让一个从"齐头冲"出来的小姐服务呢？"齐头冲"怎么也走出小姐来了呢？那个该死的"齐头冲"，我曾无数次地诅咒你，无数次地痛骂你，可我其实是爱着你的哟。

五 WG

车轮辗出的两行车印，往知道边际的雪地延伸，辗压出两道雪泥的残痕。

支力曾站在我的对面，对我说，你为什么不把以前的写出来呢？

我说我无法写出来。

支力拍着我的桌子，说，你是不敢把它写出来，你是胆小。

支力哂笑着走了。可是我突然发现，那个小郝，和支力是那么的相像！

我突然朝他喊，喂，你给我站住，你给我老实说，你在"齐头冲"时，是不是和一个叫梅子的姑娘有过关系？

任何人我都能喊他站住，唯有这个支力，我无法喊他站住。他想来就来，想走就走，谁也奈何不了他。

有了新工作的小郝非常感谢我。为了表明我对当年的第二故乡的老少爷们也做了一件好事，我要她喊我叔叔。

有了叔叔这块挡箭牌，可以挡住许多不必要的麻烦，也可以挡住我自己；可是，却无法挡住她自成一体的理念。

小郝很快就适应了这城里的一切，也很快就成了各种新潮流中的一分子。我明显地感觉到，她在向我这个叔叔进攻。

她总是以各种各样的借口约我出去单独见面。她在亲热地喊着叔叔叔叔的同时，毫不掩饰她对我的外在流露。

135

我曾经以非常正人君子的口气对她说：

"小郝，注意一点，我和你爸爸的年纪一样大了。"

"比我爸爸再大些又怎么样？谁叫我碰上了你这么个大好人。"

"大好人！碰上了我这么个大好人。"我嘴上这么说着，心里却感到悲哀。我难道真是个好人吗？如果你不说出你是"齐头冲"的，如果"齐头冲"不是令我做了一二十年的噩梦，我在你面前能是好人吗？这就如同你本来写的是"WG"，但稍不留神就被看成了"WC"；"WC"是什么玩意呢？厕所！又如同你本来写的是"CK"——库克群岛，却被当成了"OK"。

去去去，我毫不客气地挥走了她。

我虽然挥走了她，却无法挥走一个青春在全身汩汩流淌着且不断往外蒸腾的少女。

我又昏昏沉沉地到了那个"齐头冲"。我又看见肃杀的山风翻卷着枯燥的冬茅草，在漆黑的夜里泛起一股一股的浪潮；我又感觉到身下的荒坟在颤动，有一道裂缝在进开，有一双无形的手在死命地攫住我，将我往那进开的裂缝中拽扯……我惊慌地伸出双手，像要捞住一根救命稻草，却有一个温柔的身躯进入了我的怀抱。

我怎么想到"捞稻草"这个词了呢？这个在当年使用频率极高的一个词，现在也许已经不为几个人知晓。而我抚摸着的不是稻草，分明是两支柔嫩的花蕾。

花蕾，花蕾……呈现在我面前的却仿佛是一道狭长的沟壑、两道钢铁铺就的平行线，正顶着毛茸茸的碎雪，像平躺着的女人的乳房一样轻轻颤动。

我知道这是幻觉，我拂开了这些幻觉，我正要啃啮着柔嫩的花蕾时，支力到了我的面前。

支力像猎户剥豺狗皮一样剥下了他那件已穿得油光发亮、露出棉絮的黑色棉衣。他把棉衣往我面前狠狠一扔。

"支力!"我不由得喊了一句。

"你喊什么?"躺在我怀里的她惊讶地问道。

我看着她那张嫩嫣嫣的脸,眼前却晃动着支力那张生硬而又漠然的方脸;我看着她那微微歙合着的双唇,却总像看到支力那张毫无血色的阔嘴。

我一把推开了她。我又一次想到了鬼!为什么每当我想要和她或正要和她有些什么时,支力,总是来到了我的面前呢?

"你爸爸到底是谁?"我问道。

"我没有爸爸。"她好像受了委屈一样地回答。

"你一生下来就没有爸爸?"

她点点头,说:

"我妈妈说我还在肚子里时,我爸爸就死了。"

"怎么死的?"我赶紧追问。

"我妈妈说,他是在小煤窑……"

我又不愿意说了。我知道她妈妈说了谎。我不愿意戳穿她妈妈的谎话。

六 CK

远远地可以看见"齐头冲"那曾经布满冬茅草的山头了。可此时能看见的只是白茫茫一片,山头已被雪全部覆盖。山上的坟冢也被雪全部覆盖。只有几家屋顶还露出些须黑色,那说明还有人在生火,烟火使屋顶的雪不容易凝结。

我的小车在机耕道上颠簸。

车子没法往前开了。我踏着覆着雪的小路,走上了"齐头冲"。原来住有七八户人家的院子，更加破败了。那些认识的老人，全都死了。一些屋子已经倾斜，土墙外斜撑着两根木柱，用以维系它那岌岌可危的现况。我担心再下一场大雪的话，屋子就会彻底垮掉。

屋后那满布着荒冢的山上，雪风依然翻卷着枯燥的冬茅草，泛起一股一股的白浪。

我仿佛忽然间茫然不知所措。而几声凄厉的麂子的叫声，从翻涌着白浪的冬茅草中传出，直往我的心头袭来。

我曾听老人们说过，麂子冲着谁家叫，谁家就要遭灾了。

我打了个寒战，赶紧扭转身子。

一离开"齐头冲"，我就想起我是要来干什么的了。我走进一家院落，向正围在一起打牌的几个中年人打听小郝的母亲——当年的那个梅子姑娘。他们边听我说边吆喝着手中的牌，等一圈胡了后，才说她早就搬走了。

我重新坐上车。小车刚开了十多米，忽然往一边倾倒，急剧地往路旁尚未结冰的池塘栽去。

这口池塘，我曾在里边洗过浑身的泥巴。当我扑腾着双脚在水里胡乱地刨着水花时，有一个吃吃地笑着的声音说，你不怕死啊？这塘里有落水鬼哩！那声音很柔，也很脆。

在这个时候我却看见支力来了。我想对他吼，你为什么在这个时候才来，你在这个时候来还有什么用？可还没等我吼出来，支力已经开口了。支力说，你到这里来干什么？来干什么？

支力说完就走，仍是沿着那条路。我看见的仍然是两行脚印，往不知边际的雪地延伸，深一脚浅一脚，歪歪斜斜地终于乱成一团，蹂躏起一片雪泥……

追魂

"细玉哎,回来么?"

"回来了!"

"细玉……哎,回来么?"

"回来了喔!"

……

杂毛娘抱着孙女细玉站在门外转弯处,扯长着喉咙喊。舜三爷坐在屋里,憋着嗓门应。

喊魂的声音在接龙寨夜空萦荡着。没听过的人会觉得有几分恐怖,听惯的人觉得富有音乐感。

崽和媳妇出门不久,杂毛娘去抱孙女儿,噫,全不像往日那样活跳,恹恹的,睡着不想动,饭也不肯吃。"细人子不装假",倘若没有什么毛病,她早就乱喊乱叫要下地来四处耍了。

怕莫是走了魂?杂毛娘忙喊舜三爷来看。

那硬是走了魂!唉,唉,新年大节的,出什么远门喔,这不,喊得应,爷娘刚一走,把女儿的魂也带走了。

不过,走了魂,舜三爷自有把魂追回来的法子。

就"捆胎(胎,或指魂魄)"。取两根黑麻线,在细玉左手腕上捆一根,右手腕上捆一根,捆完了,舜三爷抓起细玉左手,微闭着眼睛,嘴里叽叽咕咕念一阵,放下;再抓起细玉右手,又叽叽咕咕念一阵,放下。好了。"胎"捆住了,万事都不要紧了。

舜三爷"捆胎",那在金芝岭是出了名的。凡受了惊吓,或跌一跤，或在外面遇见什么吓着了，或大人外出，或夜半惊悸，总之，凡属于走了胎的皆请舜三爷"捆胎"，只有舜三爷"捆胎"——那硬是，除非他不捆。

自己的孙女走了胎，舜三爷还不把全副本事使出来？！

杂毛娘煨了几个糍粑，裹上砂糖，喂给细玉吃。平素见着糍粑就抢着要吃的细玉这回只吃了两口，厌烦地别过脸去，再也不肯吃，只倒到床铺上，睡。

摸摸那额头，有点烫人。但新年大节的，不能找药吃。初一就吃药，那一年还不得捧着个药罐子转？最要紧的是，病是病，邪是邪，明明中了邪硬要当病治，还不坏了人？

来拜年的陆陆续续进了屋，进火柜里坐下。敬上烟，筛上茶，端上碟子：红薯片、炒苞谷、盐姜丝、烤花生，还有饼干和纸包糖。但后两项若非主人亲自动手递给你，拿不得的。前几样是自产货，后两样是要钱要粮票买的。

于是慢慢地吃，在无数个客气话里扯谈，言必称"你老人家"，但那"人"字顺带被省略，变成"你老家"，那"老"字又念得有点"哪"音，遂成"你哪家"，反正是极尊敬极客气的称呼。

"你哪家今年过年热闹？！"

"热闹，热闹，你哪家。"

"今年龙灯出来，要舞到你哪家么？"

"来的，来的，你哪家。"

……

最最礼性的礼性话，终于慢慢地扯到了睡在床上的细玉身上。

一个个就去表示礼性，一个个就走拢去看一看，一个个再到火柜里坐下。

杂毛娘又探细玉的额头，更热了。

"这女子，好像发烧。"

杂毛娘小心翼翼，试探性地，像随便说出来的，只带那么一句地说。

"你哪家，那药是万万吃不得的哪！"

便一个个相继举出许多吃药吃坏了大事的例子。不信么？不信有人在！有名有姓，且就是这个金芝岭的。

"是不是走了胎呵？"

那是走了胎，硬是走了胎，看那样子就是走了胎。

"捆胎，捆胎就好了。"

便一个个相继举出许多走了胎的，左请医师看病也看不好，右请郎中捡药也吃不好，钱就花了一担，最后还是请人捆胎。

"一捆住胎就好了，没点事了，你哪家。"

"是走了胎哩，不捆，到云南四川去求医也是空的，你哪家。"

待到一听说舜三爷已为细玉捆了胎，就都大松了一口气。

"你哪家放一万个心，三爷他哪家捆了胎，哎，不用讲了的。"

围绕细玉的话题算告一段落。又扯开，某某家媳妇太不孝顺，对家娘家爷那刻薄劲，娘和爷放了她三粒盐都要追回，唉！某某崽和娘为了争一蔸白菜，把娘推得跄起好远，娘一头拜倒在他脚下，脑壳叩地磕了三个头，唉，那是要折他三十年阳寿的！

……

换了一班客人，慢慢地扯谈，又扯到细玉身上。

这回一个个相继讲夜里还是要喊魂，多喊得几次就好了。

舜三爷不认为喊魂会有损于自己捆胎的名声，因为这也像郎中下药，只不过把药量加大些罢了。

便喊了魂。

到得夜里，细玉的脸烧得通红，不用去摸，看都看得出，烧得像块红木炭，不住地咳，小手小脚还有点抽搐。

杂毛娘有点着慌。舜三爷毫不慌，因为堂屋里有客人。夜里的客，是要在这里歇的，当然是舜三爷的至交，这至交，一个个都是有几下子本事的。

那个喊作宽嘴满满的就走到细玉床前，摸摸细玉额头，探探细玉脉搏，他是不光懂神道，还通医道的，神道和医道结合，不就是神医么？

（岩门前强宝胸口上生了一粒小红豆豆，看着看着就发起了，一片一片的，看了小医院看大医院，都讲是癣，开些癣药水，搽上去结一层痂，痂脱了照样发，无法！最后来请宽嘴满满。宽嘴满满只配了三样药，吃一次，洗两次，好了，印子都没有了。那是什么神药？宽嘴满满素来是笑而不答）

宽嘴满满说："三爷，你那家的孙女儿是出豆子，不要紧，不要紧，好办，好办。"

真是搭帮舜三爷面子大，不然的话，宽嘴满满肯看么？

（一个个相继举出好多人请宽嘴满满去看，宽嘴满满硬不去的事例——得是那样的人家才会去哩）

宽嘴满满吸足了旱烟，从舜三爷鸡笼子里抓出一只小"叫鸡公"，扬起菜刀，活活地将鸡剖开成两半，一把解开细玉的衣服，把那血淋淋的鸡肉扑在细玉肚脐眼上。

（宽嘴满满做得好利索呵，引起满屋子的啧啧声）

只需一个时辰，包退烧。

宽嘴满满也不保守秘方了，且告诉道理，在告诉这道理之前自然先有许多礼性话——之所以把这道理告诉，硬是舜三爷他哪家待客的热情所致，这可不光是指过年呵，那平时，主要是在那平时！

宽嘴满满终于把那道理讲了出来。鸡血扯毒气！那蜈蚣咬了人可不也得鸡血么？蜈蚣那么大的毒哩。把那全身的毒气都扯出来，人还不好么？至于为什么要放在肚脐眼上，那肚脐，通五脏六腑，像那夏夜里睡觉，什么地方都可以袒露在外，唯独肚脐眼得盖住，不然要肚子疼，一个理。

看着宽嘴满满扯毒气，听着宽嘴满满讲秘诀，人都精神大振。舜三爷昐咐再上酒，再上菜，今晚上可是学了拿钱都买不到的见识。

吃完酒席，宽嘴满满第一个去看细玉，看了转来，讲一句：
"她娘是不是得罪了哪路菩萨呵？"
这话在理！宽嘴满满的话硬是在理！舜三爷清楚啊，早就担心着这一天啊！细玉她娘，那个不守本分的媳妇，不是连朝拜金芝大王的香客们到屋里讨口茶喝都要收钱么？

唉，唉，早就料到了的，灾祸就来了，到了女儿身上。
是得罪了金芝大王，的的确确得罪了金芝大王。
好在舜三爷早有准备——在金芝大王面前乞求免灾时求下的香灰水收藏得好好的在那里。

就取出来，点上两炷香，面朝金芝大庙拜跪了，讲了三遍乞求金芝大王饶恕孙女儿不懂事，不能代娘受过的情由，然后扶起细玉，撬开嘴巴，把那香灰水灌了进去。

（金芝大王肚量大，只要求了他，就绝不会计较了。）
细玉的烧倘若还不退，那就不是出豆子，也不是得罪了金芝大王，而是，被邪魔缠住了！
邪魔缠住了也不怕，有吊眼满满在哩！
得算算时辰，子时一过，便是初二。大年初一，鬼也要让它过个年，乱动不得；到了初二，便不客气了。
吊眼满满就拿出本事来。
先画符。拿几张薄皮纸，乡里糊窗户的薄皮纸，上等皮纸，用

143

手蘸水（吊眼满满的本事就在这里，画符不要笔，不要朱砂，叫作无形符，是顶顶厉害的一种符）左画一道，右画一道，上画一道，下画一道，直画一道，横画一道，把细玉睡的房子按东南西北全贴满，最后画一道，放油灯上烧了，拈两片纸灰，冲半碗水，又给细玉灌下去。

画完符，于细玉床头架一把铁锯，架一把钢斧，吊眼满满挥动他随身携带的，说是百年桃树制成的拐棍，使起法来，满屋子乱扑……

等到吊眼满满歇下来，床上的细玉似乎安定了。

还是吊眼满满法力大！

于是一片赞叹声。于是又摆酒。吃完酒，吊眼满满便告辞，也不怕黎明前天最黑，也不怕坑坑洼洼、藤藤绊绊。做法镇邪的人赶路就得赶黑路，鬼才寻他不上。鬼若寻得上，还不会一齐来报复么？

吊眼满满走后，宽嘴满满也告辞，留都留不住，讲突然想起件急事，不走硬不行。

余下的就困觉，和舜三爷困一床。主不嫌客挤，客不嫌主没好铺睡，彼此礼性得很。睡了。

只有带细玉困的杂毛娘困不安稳，天刚亮，又去喊舜三爷。

"他三爷，他三爷，细玉怕莫硬是要送到山下卫生院去，打两瓶吊瓶子针才要得。"

杂毛在山下卫生院看到过给发烧的打吊瓶子针——吊两瓶就好了。

杂毛娘话刚一出口，就被舜三爷堵住。

"信那号名堂，吊眼满满做了的，包好！"

困在舜三爷脚下的就答腔：

"你哪家莫急哩，要好的，要好的，吊眼满满做了的，那是……"

下面的话没讲清，被鼾声盖住了。

和舜三爷困一头的讲：

"细玉又不是病，你哪家，送南京北京也是空的呀！要好的，要……"

上午，细玉的额头果然没有那么烫手了。大家便又赞叹吊眼满满一番，都高兴。

舜三爷横了杂毛娘几眼，那意思是，清早还讲要送山下去吊瓶子呢！真是，我讲了的，包好。

拐子满满吃完饭，抹抹嘴巴，说："待我再给你哪家看看屋场。"

（他一只脚跛了，走起路来一拐一拐。脚虽然跛了，但记性盖了第一。大概就是因为太聪明，所以要破点相。拐子满满是看风水的，一本黄历在他胸中是滚瓜烂熟，能倒背如流。哪天宜出行，哪天宜动土，只有他讲了才能算的；哪处有块好地，只有他眼睛看了，才准的）

拐子满满四处看了看，说：

"哎呀呀，是动了土，硬是动了土，金克木，木克土，难怪难怪。"

动了土？舜三爷仔细想，想起来了，二十九那天，细玉她娘在屋背后翻什么鬼，用锄头挖，可不是动了土？过年过节的，是不能乱动土的，土乃万物之根。二十九了还动土，唉！

拐子满满有解的法子，要舜三爷把窗台下那个旧灶挖了，以土补土。不过挖灶，可要挑日子呀，出初五，破五后便可以，那灶土要倒到东南方，切不可乱倒的！

拐子满满讲完，便也告辞。

（拐子满满做事最稳重，不得乱走错一步的。细玉好了，有他

一分功劳；若不好，与他无干系）

　　这班客人都走了后，清净了。只有个把过路客，是从接龙寨过，讲礼性，顺便进来喊声拜年，最多喝杯茶就走，碟子都不要摆的。

　　下午，细玉的热度又上来了。

　　来了个年轻后生喊拜年，想逗逗细玉，看了看，失声说："只怕是急性肺炎呵！"说完赶紧走，怕舜三爷不高兴。走出来，对杂毛娘说："还是赶快送到山下卫生院去，送迟了，只怕有危险。"

　　舜三爷耳朵尖，听得清清白白，追出来，骂：

　　"你烂了个×嘴，肺炎，那不就是痨病么？你敢咒我家有痨病！呸，呸，你才是个痨病壳子哩！"

　　也顾不得正月里的禁讳。

　　夜里，又响起了喊魂声：

　　"细玉……哎，回来了么？"

　　"回来了喔……"

黑道

一阵寒风吹来，裴哥猛可地打了个寒噤。

他望望天，天是空寂的，连一颗星星儿都没有；他瞧瞧四周，四周是空荡荡的，连个影儿都抓不着。山离他很远，似乎远在天边；雪光儿就在他身边，却是一种看得见摸不着的虚无。他抬起脚，踩下去，有一声"吱"的尖响。他用力将眼睛闭上，又猛地睁开，他便看见一条弯弯曲曲的黑道，从脚下直伸向天边的山。他在这黑道上走着，身子轻飘飘的，发出一阵阵痒酥酥的颤抖。痒酥酥的颤抖如涟漪泛起一个又一个旋涡，使他感到一种极度的快感，仿佛有一个柔软的腻滑的夹合体将他紧紧攫住。他快意地哼哼着伸手去搂，却扑了个空。

裴哥伸出舌头，舔着干燥的嘴巴皮。舌尖从上嘴唇左边扫到右边，再从下嘴唇右边扫到左边，如刮猪潲桶般刮来刮去，刮出一阵阵的咸腥味。那股咸腥味伴着唾沫，又被他狠狠地咽下去，而后，反出一口酸水猛往上冲，令他"呸"的一声，吐出一口浓浓的黑沫。

又有一声"吱"的尖叫。

在"吱吱"的尖叫声中，他看见自己四肢着地，像一条狗一样地爬着。他的肩膀和屁股缩紧，凭借两只手腕的力量前进。出现在他前面的，是一条几乎需摩胸擦背才能通过的缝穴。

他大口大口地喘着粗气，煤矸石将他的两条裤腿和手腕处的布片磨得稀烂，他似乎感觉到已有几处被划破了皮，划出了血，但他无法顾及，只是一个劲地往前爬。

裴哥心里充满了一种就要发现一个新世界一样的兴奋。他蜷缩着身子，伸手探一把气味往鼻子下嗅。他没有瓦斯检测器，他也不需要那个鸟玩意。他只要凭他的嗅觉，就能判断出瓦斯浓度，有不有危险，该采取什么措施。

裴哥嗅着气味，身子贴地贴得更低了。他的矿灯，照住了一只小老鼠。

那只小老鼠，油光油光的毛。在这千米深的地层处，它肯定生活得很舒服，很自在，很潇洒，很能那么自由地歌唱。它被裴哥的矿灯照着，它还觉得挺有趣。它一动不动，还瞪着裴哥，大睁着鼠眼。

裴哥一下喜欢起这只小老鼠来，便也不去惊动它。就这样，鼠眼瞪着裴哥，裴哥瞪着鼠眼。瞪了好一阵，小老鼠大概觉得也没多大意思，哧溜跑了，还"吱"地叫一声。不过这一声"吱"，裴哥听出它好欢快。

小老鼠一跑，裴哥哈哈大笑。

行了，再不用往前去了。小老鼠已经明确地告诉他，前面就是高峰煤矿七采区的巷道。

小老鼠之所以在这里出现是因为这附近有工人们吃班中餐时掉下的饭菜！

裴哥就要将这条巷道打通。一打通后，高峰矿的风流就会被他引过来。他这个小煤窑的通风问题就自然而然解决了——然后，七采区风流短缺，有毒有害气体成倍增加，温度上升……你高峰去采××煤吧！这煤，由我裴哥替你采了！

裴哥兴奋起来，在雪地里奔跑起来。他一跑，那条弯弯曲曲的黑道竟也跟着他飞跑，而且倏地一下，如一条黑花斑蛇将他紧紧缠住……

这时候的夜色好起来了，高峰矿山上的家属区呈现出红红的灯光一片，后来就熄了一盏，又熄了一盏……

　　家属区的灯光渐渐熄灭，山下田野小径上却有灯光在移动，那是小煤窑的工人在往煤窑送矿灯。工人将几十盏充好电的矿灯的带缠在一起，挽到扁担上，悠儿悠儿地走，嘴里哼着小曲儿，便给静谧的山野增添几分诗兴。

　　靠近高峰矿的那条毛马路上，还有情侣在漫步，虽然不是依偎得那么紧，但也不时肩膀碰着肩膀，那股韵味儿还是出来了的。也不时唱两句："在雨中我送过你，在夜里我吻过你……"唱两句，停一停；又唱两句，又停一停，反正是想唱两句就唱两句。后面来了汽车，前边的便忙往路旁躲。偏开车的就最爱看这号压马路的，你往左边躲，他车子往左边开；你往右边躲，他车子贴着右边来，雪亮的车灯照得你睁不开眼，"哎呀"，掉一个进路旁沟坎里，驾驶室内的人就哈哈笑得开心。

　　地底下在沸腾。

　　风钻的突突声、喷浆机的轰隆声、炸药的爆破声、电溜子的嚓嚓声、风筒里的嗡嗡声……而地面有的只是宁静。地面什么也听不到。

　　还有一股在地底下也无法感知到的力量正在悄悄运行，集聚到一起，准备显示出前所未有的威力，它要冲破亿万年结构的岩层，冲破亿万年来形成的煤层！它知道它这一次一定能成功，没有什么力量能将它阻止！

　　裴哥蓦然感到心烦意躁。什么原因？什么原因他也不清楚。他反正就是觉得浑身烦躁，如着了火——是肉体的躁动，是灵魂的躁动？抑或是肉体和灵魂一齐躁动？！

　　裴哥昏昏噩噩地推开他的门，躺到床上，也许早点上床对他有好处；但他睡不着，他有些神不守舍。他在枕头上转动着脑袋，眼光霍霍地四射。他知道他想要干什么,但他又拼命地压抑着,可是他越拼命压抑,他就越是想要……

然而裴哥却只有失望,房间里除了他这张床、一张乌黑的四方桌、两把竹椅子、一条长凳、一把竹壳热水瓶外,什么也没有。

外面的大敞棚里燃着老大一堆的煤火,煤火四周有快活死的挖窑工。他们光着身子,只在下身处围一条澡巾,洗掉身上的煤尘,就是白得耀眼的肉。他们大碗喝酒,大声讲痞话,大声笑,大声叫,瞅着这个月的工钱捞得差不多了,就回家去,打"牙祭"去。打完"牙祭"又来,来了便讲那打"牙祭"的快活。

裴哥天天守在这里,他没有地方去。

窑哥们说他变了,从一个挖眼寻蛇打的人变成了有蛇都不打!喏,那隔壁就有!抄号码计煤数的,天天围着裴哥团团转。

裴哥不明白自己为什么对那个计煤数的不感兴趣,实在讲,人也长得不赖,胖胖的、白白的,胸脯儿鼓鼓的,一动一扑打,讲起话来眉毛动,眼波儿一闪一闪的。

门被轻轻地推开了,计煤数的姑娘提着个大茶缸进来,喊他一声,问他这里有开水么,她要喝口水。

要喝水,喝水?!

焦渴的是裴哥,怎么地他眼前又出现了那条弯弯曲曲的黑道。黑道上又泛起一阵阵的潮水,"哗——"冲来,"哗——"退走,"哗"的又冲来。裴哥一定睛,那不是潮水,那是如潮水般涌来的钞票,那是裴哥在做生意时大发的"洪汛"。只是"洪汛"退潮太快,裴哥得意时,忘了生意场如战场,骄兵必败,一家伙亏了老本。

裴哥好懊丧了一阵子,但很快坦然。本就是赤条条闯出去的,如今不过是赤条条回来罢了。可他回哪里去呢?高峰矿已将他除名,不要了。裴哥若厚着块脸皮,找着矿领导,装模作样挤几滴眼泪，痛陈自己鬼迷心窍，放着好好的采煤工作不干，竟然去江湖上鬼混，表示自己从今以后洗心革面，任凭领导给个什么处分，只要还能让他去下井挖煤，那么高峰矿也许会收留他的。这样的事例在他之前有过好几起，何况裴哥称得上是个老挖窑的了，既有经验，又有技术，真要干起来时，那煤就直从他手中往外流，喊要搞好多吨就有好多吨，喊要创纪录那纪录就真能创出来的！

可是裴哥不愿回高峰矿。

他觉得在高峰矿，窝窝囊囊的，不舒心。自个儿头上有班长，班长头上有队长，队长头上有区长，区长头上有矿长，那矿长，就是十多个！一个三千多职工的矿，光科级干部就有三四百。这个××科，那个××室，这个部，那个委……真正在井下一线搞采掘的不足五百人！他妈的，那三千人就全靠这五百人来养活。

裴哥认为自己是当龟儿子受足了气。他再不愿在高峰矿干了，挖六镐煤才轮到自己有一镐，全是为别人在拼命。

这下可好，他不愿在高峰矿干，高峰矿还真将他除名了。

裴哥被除了名，哈哈，尽管他知道会被除名，但仍然感到一丝儿羞耻，如同受了污辱。这种羞耻感在他心中逐渐膨胀，来了一个突变，变成了一种仇恨。这种仇恨来得是那么强烈，竟至他咬牙切齿起来。

老子在高峰矿卖了那么多年命，老子竟落得个被除名的下场！

裴哥在原地团团转，如一头疯狂了的野兽。他要宣泄，他要破坏，他要毁掉一些什么才好。他要向高峰矿报复！

裴哥狠狠地跺了一下脚。他这一跺脚，踩在一块煤矸石上，痛得他歪嘴龇牙。

他踩着的煤矸石，却使他陡然兴奋起来。

嗬，嗬，裴哥有了向高峰矿报复的法子。

小煤窑！他想到了小煤窑。

紧靠高峰矿的小煤窑不少，且得天独厚，可以偷高峰矿的电，用高峰矿的水，一些紧缺材料可到高峰矿去"扫油水"，而高峰矿全奈何不得。

裴哥运用起他的智慧来。

他选中了星建矿。这个小煤窑，紧靠高峰矿七采区。裴哥凭着他的非凡记忆力，知道七采区这块高峰矿的"肥肉"，其边缘俱在星建矿矿区内，只需将边缘区这些煤挖尽，就够星建矿吃那么十年八年的了；更何况，只要将巷道稍一延长，就能直捣七采区腹地，那儿的煤层，可是高达两米多啊！

高峰矿，你等着瞧吧，你除了我裴哥的名，我有好把戏给你看的！

裴哥直奔星建矿，他怀揣一张高峰矿的井巷草图，来了个"张松献图"。星建矿果然如获至宝，立即委之以重任。

裴哥又可以大展身手了。

他如同一头疯狂的野牛，指挥星建矿直接向高峰矿的中心部位推进，以掘代采，将高峰矿正规的开采部署打得稀烂。

高峰矿四处告急。

星建矿煤流滚滚。

裴哥成了有功之臣。然而，他心里却很乱，他似乎有一种预感，一种不祥的预感——总会有一些什么事，会是些什么事呢？

那条黑道，黑道，又在他眼前晃动，时而迸出耀眼的银光，时而又如一张密网将他罩住，令他挣不开、抖不动……

裴哥使劲晃一晃脑袋，发现自己还是躺在床上，他随手抓过一张报纸，唰地抖开，报纸上密密麻麻的字像在跳舞，怎么也跳不进眼睛里去。

一阵"汩汩"的倒水声，然后是盖瓶塞的声音，然后是热水瓶放到地上的声音。

"裴矿长,还不休息呀?躺着看报纸,眼睛会看坏哩。"

他听着那声音越来越近了。

他猛地一下把报纸从脸上掀开。

姑娘笑嘻嘻的,站到他床前,大概是想看他到底在看什么报——那么好看,竟一声不吭,一动不动;或者想搞点恶作剧,滴点水什么的到他身上。

裴哥炽热的眼光正好落在姑娘的胸脯上。那胸脯,高高的、挺挺的,被副武装带兜着。武装带的那两片荷叶,清清楚楚的。

荷叶里,该是颤巍巍的莲苞了。

裴哥霍地坐起,伸手抓过她的茶缸往床边搭着衣服的竹椅上一放。

"裴矿长,你也要喝水呀?"

裴哥跳下床,向她逼去。

姑娘似乎一怔,但脸上还是笑嘻嘻的,身子却往后退,背抵着门了,正好把门关上。

裴哥两手一伸,猛地抱住了她。

但只一瞬间,他就松开了她。

他呆呆地坐着,一动不动。

"你,你怎么了?"姑娘也坐起,大感不解。

"我,我他妈的老是心神不定。"

裴哥抓过衣服,几把穿上。

"你要去哪里?"

"老子要到井下去看看。"

"你别去了,裴哥,你陪着我嘛。"姑娘喊裴哥而不喊裴矿长了。

"不行,我非得去看看不可!"

"唉!"姑娘瞧着走出去的裴哥,心里产生一种怜悯,从来没

153

见过这样顾着矿井的人。那矿井，又不是你的！

姑娘又躺下，她要等着他。

姑娘是实实在在爱上这个裴哥了，自觉地愿意奉献给他。"给他一份爱，给他一份情"这姑娘也会唱的。

裴哥这回是实实在在地来到了工作面。他仔仔细细地察看了一番，一切正常！他又特别察看了挖通高峰矿七采区的那个洞口。裴哥稳了心，万一矿井出了事，他有七采区的风流，他不怕！他的人马还可以从两路撤出，一路出井，一路可进入高峰矿的巷道。

裴哥吁了一口气，坐到煤块上。到了工作面真他妈的怪，黑咕隆冬的，还处处隐伏着危险，可一坐下来就能打瞌睡。

裴哥的头靠着煤壁，闭上眼，一会儿就扯开了"风箱"。

他看见那个计煤数的姑娘朝他跑来，笑着，对他喊，张开双臂。"你来呀来呀，裴哥，你也该找个归宿了。"那姑娘好白好胖，确是不错的。他正要开口说一句什么，但说不出声。他追上前去，拉姑娘，却被姑娘猛地一推……

裴哥确是好像被人猛推了一下，推得他往前一扑，摔倒在地上。他睁开眼，听见一阵轰隆隆如天塌地崩般的声音在爆响，他的井巷立时摇摇晃晃，他背靠着的煤壁往外突了出来，是那股力量将他推倒在地的。

"快跑，快跑！"他一下蹦起，声嘶力竭地喊。

可是他自己没跑。他觉得有点奇怪，这股冲力怎么是从高峰矿的七采区传过来的呢？

还未容得他细想，七采区的巷道内已是一片呼喊声。他立即闻到了呛人的毒气味，瓦斯是从通七采区的洞口传过来的。

裴哥一把撕下衣服，丢到水沟里浸湿，将自己蒙头蒙脸儿扎住，只露出两只眼睛，喊一声跟我来两个人，抓起扒子往通采区的洞口爬去。

跟着他的两个人明白，裴哥是要把那洞口堵住，免得毒气进入自己的巷道。

洞口那边，七采区的工人一个个倒下。他们跑得再快也跑不赢毒气。

裴哥呆了，傻了。猛然间他大喊：

"把洞口给我挖开，挖开！"

"挖开把毒气引进来？"

这个人刚说完，裴哥对准他的脸就是一拳砸去。

"挖开，挖开！让他们从这里跑！把他们从这里拖出去！"

裴哥挥舞扒子，乱抡乱挖，他已真正地近乎疯狂。他什么也记不得了，高峰对他的恩也好，仇也好；他的恨也好，怨也好，此刻全都化为乌有——有的只是眼睁睁地看着一条条倒下去的生命，他要救得一条是一条，而他自己这条命，他已忘记了。

洞口扒开了，裴哥窜过去，将倒下的人一个个往洞口拖。

"快点拖，拖！往水沟里扔，扔！"

"能跑的就快点跑，能爬的就快点爬！把头浸到水沟里，他妈的你快浸呀！"

……

裴哥两眼大睁着，直勾勾地瞪着如铁锅一般将万物生灵倒扣着的夜空。夜空是那么深邃，那么令人无法窥视它内心的秘密。他的似有许许多多的话要向夜空倾诉，又似已将该讲的话全部讲完，哪怕喉管里再咕噜一下也是完全的多余。他好像还要扭转头看一下自己的煤窑、自己的巷道，但他的头实在已无法扭动。他还想寻找一个人。那个人，应该是跪在他身边的，应该是正用花手绢蘸着水，在替他轻轻地擦着脸。那个人的头发会拂在他的脸上，令他觉得痒酥酥的，好似那绿油油轻摇轻摆的柳丝儿……

于是一切都沉默了。空旷的天上落下一道流星，细碎的闪光尾巴一扫，直入那看不见摸不着却在拼命地顽强地延伸着的黑道。

通道

那是一条有着光辉历史的老街。

那条老街,曾令多少后生,多少好汉在踯躅徘徊后,或跪下,以头叩地;或弯腰鞠躬,尔后毅然走出,决不回头——走出去后成了叱咤风云的人物。于是老街增添着一笔又一笔的荣耀:某司令、某军长、某书记、某顾问……是咱这老街上的人哩!

老街荣耀得很,在外人眼里,特别是在那些修什么志的古董文人眼里,老街是他们的一部活资料。他们好像希望老街永远存在,好永远供给他们与现代化工业城市对比的活资料。

八爷就是一部活资料。

八爷八十九岁了,须发皆白,然两眼炯炯有神,气不喘,腰不弯,手执一柄长杆竹管镶铜旱烟杆,须臾不离。那旱烟杆,敲打过多少英雄多少好汉的头颅或屁股呵!那某司令当年在老街外的麻石河畔放牛时,是八爷将这柄竹管镶铜旱烟杆对他那光头一叩,说,你还不快跑哩!抓人的要来了,要灭你家的种呢!那被叩着的光头竟懵懂不知所然,只是惶惶地问道,八爷,我往哪里跑?我往哪里去呢?八爷说,赶你爹的队伍去,穿二尺半,扛枪杆子,吃粮!那光头于是丢下放牛鞭子,撒腿就跑,一跑便再没有回来;但数十年后写过信回来,信是区政府派专人送来的,要八爷到他那大城市里去住,去安度晚年。可八爷不去,八爷只嘁着旱烟杆,哂然一笑,一手微捻颔下之须。八爷说,谁去那地方呢!咱这老街,要甚有甚,有水有山有风景,多自在!

老街前临滔滔麻石河，后靠一片连绵起伏小丘陵。麻石河上好荡桨，好撒网，好放钓滚子，好扯开喉咙冲出一声"呵喔——"，吼那令神鬼变色的闯滩歌！丘陵上好打柴，好放牧，好扳铳，追得野兔豺狗子满山跑！老街上房屋鳞次栉比，铺房一间挤一间，正中是一条青石板路，溜光闪亮，清早便有那过路的独轮车，吱咯吱咯响得欢……这还不算甚，坐落了一处好风水地。若从那光头放牛娃子忽然间能要区政府派专人送信给八爷时算起，十年后，修铁路了，建车站，那车站偏就建在距老街三华里处，上车下车的客人要歇宿，必来老街，于是老街多了好多热闹。这还不算甚，又十年后，来了个会战大三线，这车站，又成了通往云南、贵州之路的什么枢纽。老街，那硬是开始出名了。这还不算甚，再十年后，老街后面那起伏的丘陵突然全被推平了，一座崭新的工业城市似乎从天而降，真正地换了世界。

老街人始是欢呼雀跃，变城市人了！继而大失所望，完了。

老街的中心地位荡然无存，新起的高楼大厦将它与外界完全隔绝，下火车的、出差的、做生意的，俱往那新城跑，无人进老街。

老街冷清落寞了，如同人老珠黄不值钱。

最可恨的是，老街上有钱的，拆了旧屋，到街外马路边建新房；四邻有钱的，也到街外马路边建新房。于是，眼见得一条马路街又将老街遮住，老街几乎无了生息。

"八爷，这可如何是好？"

老街上的人齐盼望八爷拿出个好主意来。八爷见多识广，看了几个朝代的，又有那么多亲戚、门生（凡八爷送出去的，理当称门生）在外面当大官。

八爷微捻着颌下白须，将竹管镶铜旱烟杆举起，放下；又举起，又放下。

"如何是好？你们先说说如何是好？"

怕莫是风水败了！有人说，你看那麻石河早先是清冽冽一条碧玉缎带般的河，站到河边，看鱼儿往水面蹦！可如今，天还是那么该下雨时便下雨，河水却小了，河面上尽浮些个泡泡渣渣了，连洗衣服都不行了，染衣服倒行哩！

还有街中心那条青石板路，光剩下一小截了，全被糊成水泥路了……

还有河边那吊脚楼，也剩下不到几间了……

风水败了？！老街昔日的模样，真的再也觅不着了……

八爷不能不表态了。八爷说，先把心儿放宽一些吧，看着人家过好，也就等于自家过好了吧，反正饭还是有吃的，衣还是有穿的，烟还是抽带嘴的——不像我，抽这旱烟一世，如今旱烟也难买到了，只好撕破卷烟烧烟丝。

但八爷自此便如同掉了魂，老爱一个人在麻石河边遛，看着那一河的浮渣出神，又爱在遮住老街的马路街上走过来走过去，还用眼睛量。有人喊，且不应。于是人说，八爷怕莫是要寿终了，多看点风光。别看他健旺哩，上九十了，灯盏里的油，要熬尽了。

只有八爷自己心里清白，他是看风光，又不是看风光。

夜色中，老街如一条奄奄一息的巨蟒伏在黑暗里，它想翻滚，想跃腾，但动弹不得。电是自然又停了的，好在老街人在煤油灯下照样能营生；但它竟是那样冷清，冷清得令人心头发颤，如一行将就木的孤寂老人，只不时发出几声"咳、咳"。而从老街"分离"出来的马路街，恰似得志少年，虽然也没有电，黑暗却罩不住勃勃生机，录像厅里，跳舞厅里，有柴油机发电，轰轰隆隆、乒乒砰砰、唏哩哗啦，热闹得很。两旁的铺子里，燃着蜡烛，挂着汽灯，不时有顾客出出进进。街上还有踱着步的情侣。抬头往麻石河上看，那座十里钢城灯火辉煌，映红了天际。再从老街往后看，新城区灯光闪烁，形同无数条流动的彩虹……

那钢城，那新城，那市委、市政府，地委、行署，都有老街走出去的人，都有八爷送出去的人。

呵，呵，你这老街呵！

八爷要为老街谋一条出路，他不能眼看着老街就这么衰败下去。但看来看去，终至"唔呀"一声，忙忙地回到家里，自此再不出门。

忽一日，来了辆锃光闪亮的小车，开到老街进口处，开不进了，停住。车上下来一个人，直往老街那还残留的一截青石板路上走。

眼看着他便要走到八爷家门口，八爷邻居便俱惊喜，忙忙地报与八爷。

八爷端坐不动，闭目吸吮长杆竹管镶铜旱烟嘴。吮完一锅，抓出些烟丝装上第二锅，擦燃火柴，点着，仍闭目，只"哧哧"地吮得好响。

如是者连吮三锅，八爷放下旱烟杆，开目，启齿。

"是你来了？！"

"是我来了，我来看望你老人家了。"

"你是'来福'，一来，电便不停。"

"来福"是老街人戏谑之语，犬名代称，但非老街人听不出其意，亦非相熟至极不会使用；使用时其实还有种亲昵之意。来者知晓，只是此时听起来实在不中听，却无可奈何，只得接言：

"您老人家福大，我来看您，电便不敢停。"

八爷一笑。

"你有什么事就直说,没事会来看我?我活了快九十岁了,甚事没见过,甚事不知道?你整天讲话、报告、指示,大会连着小会转,有空来看我……"

来者也一笑。

"这回,确是来看您老人家的……"

"好,好,"八爷又笑,"只要你有这份心就好!"

八爷起身,提来一罐米酒,哗哗地筛满一碗,咕嘟一口,放下,手背揩唇,复揩衣背。

"这酒,你也试试味道如何。"

来者心内不愿,看着那似有污垢的茶碗;可面对着八爷,无法,遂抿一口,放下。

"不错不错。"

"比你那宴席上的如何?"

来者仍说"不错不错",旋道,您老人家还是要少喝点酒哩!

来者要八爷少喝点酒的话音刚落,八爷端起酒碗,一口气喝了大半碗。

八爷呵呵大笑,仰头望梁,然笑声突停,问道:

"你为官可还清廉?"声气凛然,如钦差大臣之问州官。

"我上任第一宗旨,就是要为百姓谋利,决不做中饱私囊蝇营狗苟之鼠辈!"来者亦答得凛然。

"好,这话倒是说得蛮好!"八爷又喝一口,"那么,我问你,咱这老街,可是归你管辖?"

未待来者应答,八爷愤然而道:

"咱这老街,三日两日便停电、停水,人称为第三世界。莫非老街的人就不是人了?你给我说!"

"这……"

老街的状况,来者早就知道,老街被称为第三世界的传闻,他也早听说。那传闻是,地委机关所在的那条街,为第一世界;市委机关所在的街,为第二世界。

来者眼前出现了电业局长那颇有苦衷的一张脸。电业局长对他说:"电力这么紧张,我不压老街那一片的电我又压哪里呵?这边是地委机关,我能压吗?那市委机关,我又能压吗?"

……

于是他回答八爷道:

"电力问题,短期内我也难以解决;但水的问题,我可以给你解决。"

"不是给我解决,是给老街、老街!"八爷一碗酒全下肚,双眼泛红了,"你怎么解决?"

"换一条管道!"

"换一条管道就能解决?"八爷嗤了一声。

"换一条管道就不会停水了哪!"

八爷却说:

"我要你解决的是那条麻石河,我要你还我一条清洌洌的麻石河!"

八爷此话一出,来者顿时愣了。但他只愣了片刻,旋即说:

"您老人家不就是要让老街重新活起来吗?行,我就让老街彻底变一个样,从根本上救活老街!"

"你如何救?"

八爷似愕然,心内实在有些打战。

"将老街彻底打通,与外面的世界连接起来!"

"你是说,将老街变得和那新区一样?"

"对!您老人家这下该满意了吧。"

"把老街的房子全都拆了?"八爷心里咯噔一下。

"全都变成楼房!变成商贸区!"

"老街就不再存在了？！"

"变成新街了嘛！"

"我这吊脚楼也得拆了？！"

"拆了旧房您老人家住新房嘛！"

八爷却蓦地吼了起来：

"你，你给我滚！我要喊三仔回来，三仔，三仔，你快回来啊！"

八爷抓起了那柄竹管镶铜旱烟杆……

当年八爷让三仔跑了后，抓人的进了老街，见没了三仔，就要抓街上人，除非有人说出三仔的去向。八爷就举起那柄竹管镶铜旱烟杆，说他晓得三仔去了何方，藏在何处。

八爷就带路，一带带到麻石河畔的鸬鹚崖。

鸬鹚崖是个好风景处：小路边，悬崖上突兀地伸出一块形同鸬鹚嘴的巨石，遮护着下面一个岩洞；岩洞口又生出枝枝蔓蔓，青藤上开满各色花，引得人就想去采；一失足，采花不成反被花儿误，坠下去，掉落河中那正打着漩涡儿的深潭处。

八爷立住，说那畜生就藏在下面的岩洞中，还带了一篮子煨红薯。

就有端枪的要八爷带路，往那岩洞走。八爷装作一失足，像要求救似的一把抓住那端枪的，两人一同从悬崖掉下，但听得"扑通""扑通"两声响，皆落入潭中不见了踪影。

那时，八爷好水性，落入潭中后一个猛子扎出三四里远才露出半个头，手里还攥着竹管镶铜旱烟杆。

人都以为八爷死了，八爷其实在外面躲了好些年。

当八爷再回到老街时，八奶正于弥留之际。

八奶一见到他，已经如死人一般的眼睛忽然焕发异彩。

八奶说，你走了，走得好；你留下我，不顾了……

八爷说，你怎么就知道我是走了而不是死了呢？

八奶说，你若掉入火中，我相信你是死定了；你落入水中，只能瞒过别人。

八爷就笑，说，是走了，走了，可我这不是回来了么？我在外面念着你，日日夜夜念，念得日日夜夜心不安……

八奶便也笑了，但只一瞬间。

八奶还有话说，可眼见得又没了精神。八爷忙伸过竹管镶铜旱烟杆，伸进八奶嘴里，亲手为八奶燃着烟丝。

八奶就吮了口烟，吮得好舒畅，眼儿微微闭，烟儿轻轻吐，胸脯儿一上一下起起伏伏。

八奶吮了口烟后又笑，笑一下又说，你回来了，你给我守住这座屋，守住老街这块好风水……

八奶说完，含笑闭眼。

八爷顿时哽咽，两串泪似断线珠子。

他横起竹管镶铜旱烟杆，对准自己胸口一叩，砰响。

八爷心如刀剜。

八爷在老街、马路街前前后后转了好多晚，他已看得清清楚楚，他已想得透透彻彻。他也曾一手撑腰，一手扬起那竹管镶铜旱烟杆，他蓦地觉得自己好英武，好气派，丝毫不减当年。他就不信，留着这老街，留着这青石板路，留着这吊脚楼，再让那麻石河变得清洌洌，老街就不能再现当年的风采？！

唉，唉，八爷却叹了口气。

这一叹气，八爷便觉得自己确是老了，老了，不中用了。自己什么时候像现在这样拿着一件事提不起,放不下,犹疑不决呢?

唉,唉,就是为了这条街,这条街呵!

是老了,是不中用了,还探那么多闲事干什么哟?老街兴也好,败也好,存在也好,消失也好,与自己干系不大了,自己还有几天光阴呵?!

就这么几天光阴了,还眼睁睁地看着拆屋,看着老街这块风水地不再存在了么?还要违背答应八奶的诺言么?呵,呵,他喊起八奶的名字来,你若是知道在我手里拆了屋,毁了这老街,你会宽恕我么?

八爷慌忙忙钻回家,盯着八奶的画像,眼睛一眨不眨。

要拆八爷屋子的消息,要打通一条道的消息,要让老街变成新街的消息,不知怎么传开了,老街陡然骚动起来。

高兴的人始是想,这下老街有救了,和外面一连起来,把旧房全拆了,旧路全改了,高楼大厦一起,可不就和外面一样了么?继而想,搭帮八爷,搭帮他有门生在当官,否则,谁来管这老街呢?只是亏了八爷,他的屋也要拆哩!金窝银窝,不如自家的狗窝哩!自己现成的房子要被拆——还不知有多少人想建自己的房子哩,挖眼寻蛇打,搞地皮哩!再一想,八爷是什么人,他会吃这个亏?那不定给了多少好处费,是要换栋新洋房哩!你看那些精灵的人,故意将房子砌到马路边,晓得马路要加宽,就等着政府来拆,拆了好要大价钱……

怪不得呵怪不得,首先选中他八爷的屋!

于是鼻子一呼,嗤响。

八爷的街坊邻居,可就齐为八爷抱不平了。

八爷屋里屋外顿时闹热了。

"八爷，不睬他，什么鸟官儿呢！平素没看见孝敬您一下，拆屋他就想到你老人家了……"

"保住八爷的屋，看谁敢动？！"

……

为八爷抱不平的其实是要八爷在拆屋时开大价，再加价，他们好随后跟着来。可说了这许多，见八爷似乎全不明晓，正要干脆把话挑明，却只听得"砰"的一响，八爷那柄竹管镶铜旱烟杆重重地叩在桌子上。

"房子是我的，我想拆就拆，不想拆就不拆，要你们操这多心？！"八爷吼了一句，旋又平静，独自看着八奶的画像，仿佛在和八奶喃喃而语，"他八奶，你说，那小子来找我，说要拆了这条老街，安的是什么心？他是为了他自己的政绩！倘若真拆了这条老街，到哪里再去找这么一条老街？倘若保管好这条老街，恢复往日的气象，那得等到何年何月才能显出他的政绩？他八奶啊，你说得对，是得保住这间屋，是得保住这条老街……"

听的人觉出了八爷这话不对劲，八爷这是不唯不准拆他的屋，还不准变动老街了哩！便又一齐劝，劝八爷还是要以政府的大局为重。

八爷却又是一声吼："你们给我滚，滚！"

屋子里的人一哄而散。

走出去，讲：

"老糊涂，老糊涂了。"

"为他好哩，帮他的忙哩。"

"不识好歹，不辨忠奸，唉！……"

"他倒是孤鳏一个老绝头，就算换房，就算给他一栋洋房，他也晓得自己住不了几天，可他若不肯变动老街，这不是害了我们么？……"

八爷眼见得是糊涂了,你看他,你看他,夜里睡觉竟然抱着八奶了,抱着八奶的画像困觉了,贴在心口上,紧紧的。哎呀呀,黄土埋到脖子上的人儿了,还……

解不透,这个年纪了莫非还能开硬弓?

也许不是好事,只怕要去寻八奶了。

果然有一天,八爷突然不见了。

那一天,好大的雾,灰蒙蒙一片分不清老街、新街、大桥和马路,看天天是一片白,看地地是一片白,人如在半空云里仙山琼阁中。一阵风吹来,如卷帘般卷起的雾纱缠拢来,将人裹了一层又一层,直缠得透不过气来,伸拳踢腿也捅不开撕不烂蹬不断,抹一把头发,竟是湿漉漉一片。

后来有人说,在雾中,恍恍惚惚见一老人,慢慢踱着步,脚似有千斤重,提不起,迈不动,像是八爷哩!

反正那天的雾,直到快中午了才散。散了雾,人才想起,没看见八爷在门口磕旱烟杆,便去喊八爷,无人应,进屋,不见了人。

满屋子东西皆在,唯独少了八奶的画像,那柄竹管镶铜旱烟杆自然跟着他走了。

八爷到底去哪里了呢?无人知道。

八爷不在,那老街,还会不会拆呢?

……

叮咚

一

他站在原地一动不动如已扎根于水泥地中。两旁的夹竹桃儿已被全部砍光,只剩下些树蔸儿。那树蔸儿也要被挖出,说是那花的味儿使人头晕。那红红的花儿曾经好逗他喜欢。

幽静的夜。

幽静的夜儿幽静得如同看不见的天上云彩。云彩当如飞奔的马儿终于困倦了在喘着气儿吧,他想。

他想拔腿走,但却拔不动。

脚下的路还是平坦光滑的,光滑得令他想起妻来。想起妻他耳边就回响起山林中那粗犷的爬山调:

  爬山难喔
  崭劲[1]爬喔
  爬山爬进滑石坳
  滑石坳中茅草多
  茅草扎腿我心不痛
  喔……

---

1 崭劲:方言,意为用力、使劲。

那一坡该上到光滑的十里坪了，接下来唱的该是十里坪中有井窝了。

他忽然好想唱好想唱好想痛快地唱。

照着他的是幽淡的要亮不亮如山林中飘忽不定的鬼火般的路灯。鬼火般的路灯使大院中的一切都蒙上一层神秘的色彩。那色彩愈来愈浓，如晨风牵动雾幔，忽而把一切都遮了个严严实实，忽而亮出蝉翼般的薄纱，一瞬间又包裹在茫茫的雾气中，还要发出嘶嘶的烫人般的声响……

他努力眨了眨眼睛。

那独成一体的小院式楼房，那围绕楼房的花坛，那花坛中盛开的各色各样鲜花，那鲜花中竟也有几朵带刺的玫瑰，那玫瑰中有不是大红也不是粉红而是要红不红的玫瑰花……

二

山路如小姑娘手中的橡皮筋儿随意缠绕着紧紧地箍住那座山。那座山便向他飞来，如小男孩用铁丝弹弓射出的纸弹儿。他只在心里喝一声"停住！"那山便在他面前落下。他遂潇洒地一迈步，踏上那左一道、右一道箍住山的小路。

他一踏上山路，顿时双脚生风，一瞬间便扶摇直上，留下的只有白色的云和白色的雾。山路于他没有丝毫羁绊，他有的只是清新的风鼓动他的双翼令他振奋不已。啊，啊！还有清新的花香还有清新的鸟语还有清新的流水还有清新的"叮咚"。

那"叮咚"，曾有一个老一辈对下一辈，下一辈成了老一辈又对下一辈讲的永不厌倦的故事……故事的末尾便是：可不能去动那"美女"的一丝一毫哩！那位老大，就是心存不良抑或是心术不正，结果，碰上了"叮咚"……

那"叮咚"到底是什么谁也不清楚反正就讲那"叮咚"，似乎那是想象不出什么形状的恶禽猛兽。总而言之，是你不能去动那"美女"，否则便会碰上"叮咚"！

于是他也讲"叮咚"，而且讲得绘声绘影，终令听的人头皮发麻背心透凉如有一道阴风呼啸而来不由得抱紧了双臂喊，哎呀，千万可别碰上"叮咚"！

于是他好得意。

他还好得意那座山有个好浪漫好风流的名字——美女晒羞。他最钦佩的是她那大胆的袒露。千百年来她就是那么袒露着整个身心任人去评说是非。千百年来也无人认为伤风败俗而要去将她那羞处遮住。

他陪伴着她，曾经日日夜夜。

他好爱她，爱得以致妻子真怀疑有第三者。

他使她的青丝儿更青更长，他使她的脸庞儿更嫩更滑，他使她的胸乳更高更挺，他使她的双腿更加丰满……

三

去吧去吧！他轻轻地一拂手，眼前依旧只有幽淡的灯光。只是，夹竹桃确乎是没有了。

他看见三五个、七八个、十来个大汉，一个个捋着衣袖，袒着带毛的胸脯，直奔夹竹桃……

他还看见从夹竹桃下走过的一些个怀里揣着什么的，兜里兜着什么的，藏着什么的……突然，这些个都紧蹙了双眉，横瞪着大的、小的、三角的、溜圆的、长形的、带梢的，乃至吊眼皮的双眼,嘴里发出"哧哧"的痛苦不堪的声音。

这些个俱说头晕,头晕得天在旋,地在转;头晕得分不清哪是天,哪是地。

偏也有不头晕的,就是那没拿什么没收什么没揣什么没兜什么的。

他的脚蓦地一下从水泥地中拔了出来。他迅疾地跑动起来。他想大喊"啊啊",我终于又能回到那有"叮咚"的地方去了。但他只张动着嘴巴没有喊出声来,因了院外正有神经癫子也在喊"啊啊"。

大铁门对他张开了一条缝。他从那缝隙中一闪而过。只听得"砰哐"一声巨响,大铁门自动关了个严严实实。

他一回首,本想看一看自己是否被大铁门夹住,却惊诧。从大铁门的栅栏处,他看见自己刚挪出的那个位置立时插进了好多只脚。那些脚有粗有细,有长满黑毛的,有光光溜溜的,有膝盖儿肉滚滚的,有罗拐儿往外突出好高的,还有两条腿不一般——一只比另一只短那么几公分的……那些个腿儿都在相互拐击着,如小孩儿踩高跷撞架……那些个脸儿却都挂着笑,笑得如夹竹桃儿红红的花……

四

他轻松地吁了一口气。

他感觉到的只是,夹竹桃儿没有了,没有了。

他又想起了"叮咚"的故事,许是那"叮咚"已经许久许久无人讲了……

莎莎的金子

推开莎莎家那扇低矮的木门,就是大煤坪。煤坪正中放煤斗口,倾泻而出的煤流,像一条倒挂的黑色瀑布。

莎莎从那扇低矮的木门走出,敲响了又一间小木棚屋的木门。

莎莎喊:"阿绍哥哥,阿绍哥哥,你该去上班啦!"

小木棚屋内走出阿绍,一个十六七岁的少年。

阿绍一边伸着懒腰,一边说,喊我上班你怎么这样准时?莎莎就傻傻地笑,边笑边说,你以为我不知道,有班上,就有钱发啦;有了钱,你就能给我买花花裙子啦!阿绍说,这个事你怎么就能记着,可我早就告诉过你,该喊我叔叔,你怎么老是喊哥哥?

莎莎就想,想一气,说,那次你上班领了钱,是给我买了花花裙子啦!

阿绍笑了,他确实跟莎莎说过,他说他只要能去做个临时工,能上班,就能领到钱……当他终于干上了在煤坪里筛煤的临时工,并领到第一次工钱时,就给莎莎买了条小裙子……

阿绍不由得说,你啊,硬是有点傻,谁叫你天天来喊我上班,该上班时我知道。

莎莎说,谁说我傻,傻的人才不会喊你去上班。

阿绍说,行行行,那你就到我筛煤的地方去玩吧。

莎莎原本并不叫莎莎,是阿绍喊她作莎莎。莎莎原本被喊作傻傻,这傻傻也是阿绍喊出来的。傻傻生下来后不久,她父亲就死了。等到傻傻能走路时,却不会说话;等到她终于会说话时,却被发现是个哈哈。这哈哈是南方人的口语,是哈里哈气[1]的哈哈。哈哈她妈看着哈里哈气的哈哈,将她交给她爷爷,走了。哈哈说她妈是出家(嫁)了。

阿绍是个孤儿,没事就去逗哈哈。他觉得喊哈哈太土,就把哈哈变成了傻傻。阿绍经常逗傻傻,却发现傻傻有时并不傻,譬如说他给傻傻讲故事,傻傻听故事时就一点也不傻。

那天晚上有着很大的月亮,阿绍指着月亮说,傻傻,傻傻,你知道吗?月亮里有个张果老,张果老打草鞋。傻傻说,他打草鞋干什么?草鞋能吃啊?阿绍说,草鞋不能吃,可他打草鞋拿去卖啊,卖了就有钱,有钱就有吃的啊!傻傻说,那你也去打草鞋。阿绍又说,月亮里还有个吴刚,天天砍桂花树,可那棵桂花树永远也砍不倒。傻傻说,那他就是个哈哈,明知道砍不倒还要天天砍……阿绍乐得将傻傻抱起,说,对,他才是个傻傻,傻傻你应该改名作莎莎……

阿绍领着莎莎从黑色瀑布旁边过,黑色瀑布里流出一个圆坨,流到煤堆上,又从煤堆上往下滚,正好滚到莎莎脚边。

莎莎捡起那如自己拳头般大小的圆坨,喊:"阿绍哥哥,阿绍哥哥,这是什么?哎呀,好重。"

阿绍随口说:"好重啊,那就肯定是金子啦。"

莎莎摇晃着脑袋,说:"不像不像,金子是黄色的,会发光……"

阿绍说:"当然是金子啦,你不信,我让你看看。"

阿绍抓过莎莎手里的黑圆坨,敲去外面的煤灰,立时显现出黄灿灿的颜色来。

莎莎惊了,呆了,过了好久才说,有了这么大的一坨金子,以

---

[1] 哈里哈气:方言,意为傻里傻气。

后我就可以读书了，只怕读大学都够了。

阿绍说，你快把这金子拿回家去，好好收起，别掉了啦。

莎莎说，知道知道，我会好好藏起的。不到急用时，决不拿出来。

莎莎把金子拿回家。爷爷说那是假的，是阿绍骗你的。莎莎说阿绍哥哥从来都没骗过我，这就是金子。只要我留着它，以后就什么都不用愁了。

莎莎将金子小心翼翼地收了起来。隔段时间，她就拿出来看看，用衣襟擦，擦得那略显灰暗的颜色又黄灿灿了。

在莎莎捡得金子后不久，煤坪里的黑色瀑布断了流。煤坪像干涸的池塘，只剩下些黑色的淤泥。

阿绍对莎莎说，煤矿破产了，关闭了，我这临时工也没得干了。我要到小煤窑挖煤去。

莎莎说，阿绍哥哥你别去挖煤，我爷爷说我爸爸就是因为挖煤，才死得那么早。你还是只去筛煤，到小煤窑去筛……

阿绍知道莎莎又犯傻了，小煤窑哪里需要什么筛煤工呢，小煤窑只要挖煤的劳力。但他却说，莎莎莎莎你不知道，到小煤窑挖煤能赚很多钱，而且只要练出了一手好技术，煤窑老板还有可能要你入股，成为老板。你阿绍叔叔要是成了老板，就把你接到大城市去，你要买什么随你挑。

莎莎急了，说，我不准你去，不准你去，你要是像我爸爸那样，就再没人跟我玩了。我不要你赚钱，我有金子！我把金子全给你！

莎莎说完就跑进小木棚屋里，将那坨金子捧出。

阿绍这才想起自己骗了这个傻傻，他想告诉她，那不是金子，是个铜坨。但铜坨不是铜，早先农村供销社收购，一斤能卖几分钱，说是能炼出硫。现在供销社没了，几分钱也无人要了。

阿绍蠕动了一下嘴巴，还是没说。他瞧着莎莎那认真样，不忍心让莎莎知道那是假的，更不愿让莎莎知道自己骗了她。

阿绍将那个铜坨抓到手上，掂了掂，说，你捡到的金子你还是收好，有一天，等到叔叔来找你时，你再把金子拿出来，叔叔带你去换钱。

半年后，莎莎的爷爷患了重病，没钱医治，莎莎将她的金子拿了出来，要给爷爷治病。可没人要她的金子，说一个哈哈也晓得拿假货来乱真，这年月，真是无奇不有了！莎莎无奈地哭了一阵后，说，等我的阿绍哥哥回来后，他带我拿金子去换钱，你们就知道这是真的了。

莎莎天天盼着阿绍哥哥回来。她盼啊盼，终于盼回来了阿绍哥哥——用门板抬回来的阿绍。

阿绍在小煤窑挖煤时，工作面突然冒顶……煤窑主说他有话在先，生老病死与煤窑无关。

一些看着阿绍的人都说阿绍遭孽，怎么变成了这个样子！

莎莎连忙捧出那坨金子，捧到阿绍面前，说，阿绍哥哥你别怕别怕，只要你回来了就好，金子可以去换钱了，换了钱就送你上医院……

阿绍看着莎莎手里的金子，想说什么，但没能说出，眼眶里滚出两行泪珠……

脖铃

当帆樯一般的雾帘牵着松涛从西山之颠倾泻而下，猝然跌进田家塬瀑布，汇入那如雷的轰响时，大熊山便寂静了，寂静得能听见婴儿眯着眼睛翕动着小嘴直拱母亲暖烘烘乳房的悉索声。这当儿便有一只粗糙如枞树皮而又滑腻如娃娃鱼的黏糊的手轻轻动作起来。这只手总是先触着他的腰，小心翼翼地又是紧紧的，似乎试探他是否知晓又怕他不知晓。他当然知晓，每次都知晓；但他一动不动，只是鼾声的余音加长，如拖着尾巴的蝌蚪在浑浊的水中浮游，游得酣畅淋漓。那只手慢慢地探向他胸肌，在稀稀疏疏的锯齿草处停留片刻，摩挲一圈，而后往下，留下一路温潮湿润的印痕，直至那手的运动和急促的鼾声的节拍合为一体，于是气喘吁吁地，使蝌蚪蜕去了尾巴，成了一只抱颈的岩蛙。一道清清的溪流就从岩蛙下淌过，溪流里的娃娃鱼开始哀怜地鸣叫，那种叫声如泣如诉、如颤如抖，如点种在山坡坡上的孱弱的花生苗在山风里摇曳。

寂静的山、寂静的夜并不因娃娃鱼的哀叫而凄切，只是当娃娃鱼的叫声一起，印花被窝里的人将被子拽得更紧，搁在谷糠枕头上的毛蓬蓬的头晃了晃，挪动一下又陷回原来的塌凹处。还有那吸吮母亲乳头的小嘴停了停。一切都已听惯了，一切都已习惯得如同她之于他抑或是他之于她！

于是她轻轻地说，起去吧，你该起去了。软温的手却要使劲箍着，一股能掐出绿汁的嫩尖尖青草的馨香从乳壑间直冲入他的鼻孔，令他不由得喷了几个"响鼻"，一头如黑狮子毛的头发朝两边甩动，抖落下些许青草碎末。"哞……"的叫声从屋后传来，透过湿淋淋滴水的雾气和那足有三寸厚的桐油板壁。这时候在远远的山坳处密丛丛的林木间有一只云豹在叹息。这只云豹美丽之极却又孤独之极。它于朦胧的睡意中叹息一声之后就完全清醒，再也不能入睡。它抬起一只前爪，极不情愿地抚弄了一下额上的银须，而后伸直一条后腿，将整个身子拉长。它努力大睁着豹眼。它的豹眼能穿透密密丛林但穿不透层层山雾。层层山雾如浩茫的海如恣谑的洋，如劈立的岩如陡峭的峰，如这座绵延数百里海拔数千米的山！永远看不透也捉摸不透。它也曾想跳出这密密层层的山雾，比如跳到山脚下那条永远也流不尽、永远也不能停歇的大江边，也听听船夫们闯滩的歌儿。据说那闯滩的歌儿是很雄壮也很哀怨，是很粗犷也很细腻，是很豪放也很撩拨心弦的，是唱来唱去终归离不了那些野性的赤灼的。但在那时，它不能。它身边还有一只云豹。那只云豹是那么样的温顺那么样的可爱，又是那么样的纤弱那么样的靓丽……唉，它又长长地叹了一口气，余威犹存地举起那条豹尾——那条曾足以威慑山林的豹尾！

在云豹叹气的时候，那条花斑长蟒蛇苏醒了。花斑长蟒蛇一醒过来就将蜷曲的硕大的身子一甩。但听得树丛儿簌簌一片乱响，乱响过后就垂下一节圆滚滚的蛇身，悠闲而又自在地在山雾中晃荡。

一切又寂静了。只有娃娃鱼的可怜的叫声时断时续。天上的月儿渐渐躲藏，让黎明前的黑暗吞噬一切。于是丛林不见了，山冈不见了，被青藤覆盖着的板壁屋也不见了，唯生命在黑暗中相继甦醒，陆续展示其本来面目。灰蒙蒙的雾气则被山风拖曳成一股股黑浪，时而在山壑间翻滚，时而从峡谷间直往上冲，咆哮般升腾，凝成天地相交的烟柱，然后垮塌下来，淋漓尽致地砸了个粉身碎骨……

随着一声沉重而又凝滞的"吱——嘎",雕花架子床仿佛猛烈地颤抖了一下,一个巨大的粉团扑面而来,将他团团裹住,裹得不见了踪影,倏忽间又如涟漪一般荡开,"哞——哞"的叫声便多了几分温柔。

这是一头依然健壮的老黑牛,大大的牛眼睛里还充满着欢快之色,它依然沉浸在对往日业绩的无比陶醉中。有着一条白花纹的牛鼻子响亮地哧哧着,不时喷出些吸进去的雾气。宽宽的牛嘴巴左右磨动,嘴角边淌出些白沫。那条长长的脖颈上的牛皮虽然显得有些颓丧——有了许多皱褶,还折叠在一起往下垂吊着,像干瘪垂吊的乳房袋袋,但整个的牛身依然保持着光洁和紧凑;特别是那条毛色光亮的牛尾巴,前后一拂动起来时,其半径和幅度与当年相比,竟然还差不了半分。此时它把大大的牛眼睛温顺地闭上,牛毛中就生出一阵痒酥酥的快感。这种快感从脖颈往臀部渐渐推移,一阵儿一阵儿像细碎的阳光越过荆棘筛入湿泥地。它的前腿就不由自主地一跪,后腿一伏,牛身儿一偏,侧卧在了暖烘烘的干草上,不时喷出销魂荡魄的哞叫,直至牛腹被重重地拍了三掌,才依依不舍地忙不迭地站起。

该出去了。它知道。

于是它把牛头低垂,套进那挂银铃般脆响的脖铃,晃一晃牛头,脖铃就铃铃地响得清脆。"好走喔!"他点点头。"早点回来!"他点点头。他不再看凝聚在门框上的那团白雾。

铃铃的脖铃一响,山道上的雾气纷纷往两边闪开,跳跃着袅娜着伸展着匍伏着曲拐着蜿蜒着,最后如一支支喷着白气的利箭直往灰蒙蒙的天穹射去,一支接着一支,竟如万箭齐发,将个厚甸甸的天射得蜕去一层又一层,终至于露出张菲薄的笑脸来,山峦上便满是金光、银光。二者紧紧密密地交扎在一起,分不出个你我来,却又是分明在进行着殊死的搏斗,一方拼命想绞杀另一方!

挂着脖铃的黑牛兴奋起来，不时晃动着牛头，晃得脖铃"铃铃儿铃铃儿"的不停，穿过金光银光，穿过青杉翠柏，穿过密密匝匝的常青藤、刺毛丛，还有那摇曳如一湖碧波般的凤尾竹，绕过红豆杉、金钱柳，直奔那两棵相依为命已达千年的银杏而去。

林子的深处，滚动着银盘上的露珠。

他和黑牛都快意地眯缝着眼睛。

金色的光在他眼前盘旋着、盘旋着，忽如水面上打过一个"飞漂"荡起一个旋儿，又一个旋儿。"飞漂"越漂越远，旋儿越来越小，那间杉皮小屋却越来越近，越来越清晰。

杉皮小屋顶上铺满了青苔，宛若一潭深不见底的死水，然而有一块翡翠般的羽石自天飘然而降，死水顿时掀起了巨大的波澜。

那块翡翠般的羽石是如何进入杉皮小屋的，他已记不清了。他只知道杉皮小屋内该走的、能走的，都已走了，撇下他一个人，孤单单地对着那盏没有罩儿的煤油灯发愣。杉皮小屋的窗户是打不开的。木格子窗户上的皮纸已洞开一个个大口。寒风牵着斜雨一股股地毫不客气地从皮纸口里光顾，煤油灯焰便不得不躬腰屈背以留住那残余的黄焰。

他抓起一本书，打开，竖立着，遮住煤油灯，却遮不住回旋在屋内的寒风，煤油灯焰无可奈何地晃了几晃，步入了黑暗的旋流。

他要跟踪那黑暗的旋流而去，屋内的光却骤然大亮，一束日后点燃他生命之火的火把竖立在他面前。

风有点顽皮，对吗？

风本来是可以挡住的，是屋子心甘情愿让她进来的。

一切的一切便是以这种对白开始的。直至有一天，没有风，没有雨，没有云，没有雾，阳光如红豆般洒落在杉皮小屋屋顶上时，那条淙淙流淌清凉如冰沁甜如蜜的小溪中，欢跳起两条硕大的娃娃鱼。

溪旁的黄花开得好盛，一朵儿一朵儿细不丁地缀于青草之上，微风从泥土上贴着青草的根部慢慢儿往上喷吐，徐徐地摇曳着黄花前俯后仰。

还寂寞吗？轻轻儿地问。

有你在，寂寞隐在了山的那一边。

如同林中的雾，消散后还会重来？！

消散的只是你所没有感觉到的，你感觉到的它就没有消散。

玄理？！

玄理！？

那么我在你身边，对于你来说，我是一种"消散"呢还是一种实在？！还有这小溪的流水，还有这溪旁的青草，还有这青草丛中的黄花……

……

他盯着她的眼睛。

她的那双眼睛，好大好清澈。黑眼珠，好黑；白眼仁，好白；黑眼珠转动的地方，好圆；白眼仁流动的地方，好长。他说不准那应该称为一双什么眼睛，他只发现此刻在那双眼中，荡漾着湖，耸立着山。湖水深不见底，有阵阵涟漪在湖面泛起，闪出金色的诱人的光芒；而那高耸的山，分明已到了他的眼里，在颤抖，在喘息。

深邃的湖呵，高耸的山呵。

深邃的湖被大山包裹着。

高耸的山被湖水浸淫着。

深邃的湖边有青草在战栗，高耸的山上有野兔在喘息。

他突然企盼一下扑进湖中，去搂抱那高耸的山，将自己的整个生命融化进去，永远永远成为一体。

在那一瞬间，他感受到了生命的壮观和另外一个簇新的世界。

那个世界应该是人人所有但绝不是人人所有。而他据有了。他好感激她。从此,她引导他在那个世界遨游,饱尝了那个世界的丰腴、温柔、甘甜,和丰腴中的瘦瘠、温柔中的暴戾、甘甜中的苦涩,如同在雨雾中沐浴阳光,在晨曦中观望夕照,在绝仞如壁的山顶上疾驰而不能收缰……

这个时候平静如湖水的她蓦地浑身直颤,如花枝儿在风中摇曳。

那双大而清澈的眼睛霎时蒙上一层迷惘的山雾,却又分明有一股企盼的力量破雾而出。

青藤儿是如何缠绕在一起的,事后谁也说不清。他只知道当时他是坚定的,似乎义无反顾。

一股翻天覆地的力量。

一场倒海翻江的激荡。

她仍是那么端庄地坐着,青草儿黄花儿从她盘着的双腿间直往上拱,喷薄着草的清香花的芬芳。

他于迷惘的战栗中努力探寻,探寻那股令他说不清辨不明的甜香。那股甜香丝丝缕缕沁入他的脾腑,他却无法弄清无法探明。以后,他每一触及,又都是这般的甜,又都是这般的香;即便在子夜的酣睡中,即便在清晨的梦呓里。

当时他只是拼命地吸吮,将草的清香花的芬芳酿成的玉液琼浆一口一口往下咽。他只觉得心旷神怡,如登上临江古阁,看白练翻舞,清风拂面。他看见她双眼紧闭,眉宇间迸发着激情,他也用劲将双眼闭紧。他将眼睛闭紧又倏地睁开,他猛然瞧见那座高耸在天边的云峰原来就在眼前,他抬起一只手往云峰探去,云雾里浮上她的手,温柔地又是坚定地将他挡住。

他感觉到湖中蠕动的水草在搅拌着翻转的水车叶子,杉皮屋顶上的青苔在拼命啜饮着被阳光蒸腾起来的气雾,崖畔上的藤蔓在奋力攀爬着崖壁,身下的青草将娇艳的黄花紧紧攫住……

有一头小牛犊撒着欢儿朝他和她跑来,脖子上的铃儿铃铃地响得清脆。

一阵窸窸窣窣的声响,一阵洪波漫过大堤的蜂拥,一阵阳光爬遍全身的酥软,一阵扬帆直泻闯过险滩的快愉。

嗬嗬,她感觉到生命之源已注入脚下的土壤,她感觉到生命的种子已在土壤中生根发芽且迅速地膨大。

她猛然爬起,飞速地奔跑。

她挥舞着双手,向着群山,向着天空,向着热烈过后依然寂静如故的自然。

她的长发,被风吹拂着飘向脑后,如黑色的飞瀑飘荡在秀挺的山岩;她的脖颈,泛着银光,如风中的镯铃在频频摇响;她的背脊,一弛一张,如高翔的鹫鹰扇动着翅膀;她那纤细的腰肢呵,一摆一摆如凤尾竹左摇右晃。

她是幽灵么?

她于他是活生生的幽灵。她本可以走出这大山,走出这古老而又寂寞的山林,挟狂风挟雷电去驰骋,于山鸣谷应中,拥进熙熙攘攘的世界,去创造新的生命,让新的生命拥有应该拥有的一切。可是她不走,她要拥有这无边无际的云雾,拥有这无边无际的林海,还有那永远流淌的飞瀑和永不枯竭的生长着娃娃鱼的山涧。

她实际拥有的,就是那头挂着脖铃的小牛犊。

小牛犊追逐着她,身前身后地不住地撒欢,时而将头低俯,去舔她光滑的脚趾;时而将头昂起,去蹭她光滑的胴体……

太阳挂在正空的时间似乎总不太久,只是在那不久的时间里辉煌得格外绚丽。无论是高耸的山、陡峭的崖,也无论是千年古树还是纤纤嫩丛,全处在它的笼罩之中。

他牵着挂着脖铃的黑牛，似乎想走出那种辉煌的笼罩。杉皮屋远远地落在了他和黑牛的身后，一段历史，一段羊肠小道般的历史，也落在了他和黑牛的身后。

这时候太阳渐渐地就挂到了树梢后面，远方的山崖上，天生的迎客松兀自独立，直插入云霄之上，于万道金霞中巍巍然然。

他陡然兴奋不已，他要朝那株迎客松奔去，然而黑牛的眼光却停在一片草地上。

那片草地上，黄花依然开得好盛，依然一朵儿一朵儿细不丁地缀于青草之上，依然有微风从泥土上贴着青草的根部慢慢儿往上喷吐，依然是徐徐地摇曳着黄花俯前仰后。

黑牛的眼光于兴奋中充满迷惘，岁月就这样过去的已经过去，要来的就要到来，总之有青青的草，有青青的山，有青青的水，有青青的树……

还想要些什么呢？该想要的，当初就应该去要，当初就该朝着那棵迎客松走去。迎客松屹立的岩壁下，那条奔腾不息的大江上，飘荡走了多少豪爽的江歌哟！

他不能不停下来，慢慢地咀嚼着黑牛的眼光，像嚼一枚既甜又涩的无名果。

挂着脖铃的黑牛跑得远远的不见了踪影。他每走一步却分明觉得铃儿就在自己的脖项间晃动。他伸出手，摸摸项间，什么也没有；他一迈步，铃儿又晃动。他不由得环顾四周，蓦地发现大山更加雄伟，密林更加丰茂，山溪的水更加清澈，溪边的黄花更加娇艳，脖铃的声响，已不唯是从他的脖项间，而是从山顶、山腰、山脚，从密林、山溪、黄花的清香间响起，他透过密密丛林，看见亲手给黑牛系上脖铃的女人，正倚在黄昏里，倾听那些清脆的铃铃声远远地传过去……

黄昏消逝后，山上就出现了星光。

星光渐渐黯淡下去后，满山的松涛发出骇人的巨响，这时候那只云豹又在山岭间奔窜，两只豹眼闪着灼灼赤光。

后来这只云豹不动了，永远的。

这只云豹是半跪着的，前肢蜷曲，两只爪腕儿直抵着胸骨，后腿压在臀下，身子往右边倾斜，似乎一不小心就会跌倒——那神态儿可怜兮兮，但它依然是一只很美丽的云豹。唯有那条长长的豹尾仍从臀后拂向身前，以示它的力量、它的倔拗。

名人

他不知道自己是怎么来到这片小树林中的,他只知道自己狼狈至极,慌不择路,如同被打家劫舍了一样,好不容易才保全了这么一个身子,来到了这么一个暂时可称为安全的地方。

他发现,这不是一片天然的树林,而仅仅只是一个绿化休闲场所。那些树木,仿佛才移植来不久,稀稀疏疏的并不茂密;那像篱笆墙一样的灌木,虽然被修剪得整整齐齐,但只能挡住一个像他这样蹲着,或者是半蹲半跪的人,只要他稍一抬头,就会被灌木丛外的人看见。最恼火的是,他藏身的这个地方,背后竟是一堵墙,墙外亮着耀眼的路灯。想要翻墙过去,显然是不可能的;而前面几米远处,便是水泥砌就的长长的、矮矮的座椅。长长的、矮矮的座椅呈环形,环绕出一个半圆形的、毫无遮挡的小坪……那些座椅最为情人们所喜,情人们在座椅上相依相偎的,依偎得有点儿累了,便站到小坪里伸伸腿、弯弯腰,好继续去相依相偎……

他虽然如同逃难一样的刚刚逃了出来,但此刻,他最讨厌的是有人来,尤其是那些情人们。要知道,他们一旦在这儿坐下,可不会是暂时休憩,弄不好便是一个整晚。

此时,他需要的是安静,需要的是一个人待在这里,不希望有任何人来打搅。因为,他无法走出去;甚至——无法走动。

一阵夜风吹来,他不由得紧紧抱住了双臂。夜风太凉,半蹲半跪的姿势又使得他腿脚发麻、腰儿发酸。他一屁股坐到地上,旋又像被黄蜂蜇着一般,要往上跳,但又不敢跳。地上竟像电冰箱冷冻

185

室那样，不但粘他的臀部和臀部前面的东西，而且硌痛了他的臀部以及臀部前面的东西。他用手去抚摸臀部时，这才发现，他竟然是赤裸裸的一丝不挂。

他的衣裤呢？他的衣裤到哪里去了？

他记得他是穿戴得整整齐齐的。虽然没穿西装，没打领带，也没穿擦得锃亮的皮鞋，但上身穿的是一件名牌休闲夹克，下身穿的是一条名牌休闲裤，脚上蹬的是一双名牌休闲鞋。只是那名牌休闲裤里，确确实实是没有短裤的。

反过来说，穿不穿短裤，谁知道？你能知道？！

他的的确确是穿着既能登大雅之堂，又能随便进入陋室的休闲装，走进那间充满着春意的房间的。

可是，他怎么竟会是一丝不挂了呢？

他得去找他的名牌休闲夹克、名牌休闲裤和那双名牌休闲鞋！他正想不顾羞耻地站起，却发现，有个男人朝着这个绿化休闲区来了。

他只能赶紧蹲下，同时，想到了"求援"这个字眼。

他是不是应该求援呢？是不是应该请求来人伸出友谊之手，借他一条裤子或者是一块遮羞布呢？

他不无紧张地思索着。他在短短几秒钟内作出的结论是：不能！不能请求来人伸出友谊之手。因为他一丝不挂。只要他一站起，要么会吓坏了那个男人，要么那个男子会把他当成一个疯子。

自己的事，还是由自己来解决吧。何必去麻烦人家哩！

他的视线透过灌木丛，盯住了那些环形座椅，盯住了由环形座椅围成的小坪，此时他最担心的，就是那个男人来到距离他不到几米远的座椅上坐下。

透过水泥座椅的空隙处，他发现了一尊立着的塑像。他突然想，那尊塑像，到底塑的是哪位名人呢？

他是一个名人崇拜者,当然,他更希望自己成为名人。

那尊不知是哪位名人的塑像帮了他的忙。走进来的人,既未在水泥座椅上坐下,也不像是在等待情人,只是在塑像下站了站,看了看,走开了。

他长长地吁了一口气。

他得找他的休闲衣和休闲裤,还有那双休闲鞋子去。

他已经彻底清醒了。他的衣裤鞋袜,应该就在那间充满春意的房间里。只是不知道,重回那间房子时,那些东西还会不会存在。

他必须像训练有素的特工那样行动。首先,得回忆起他来时走的那条漆黑的小巷。一丝不挂的他,当然是不能从大街上走的。走大街自然不用去回忆,他可以打个的,让的士直接开到那间房子的门口。可他身上,没有任何一个地方能够存放一分钱;即使是某个生理部位能够存放有钱,首先也得解决衣裤问题。这毕竟是个文明社会。因而,即使他被打家劫舍了,也不能对文明社会视而不见。

他正鼓足勇气,准备赤身裸体窜出这绿化圈时,一个女孩,拍打着斜挎在肩上的桶包,走了进来,而且是没有丝毫犹豫地坐到了水泥座椅上。

为了不至于让这个看起来天真无邪的女孩把他当作流氓,他必须隐藏!必须深深地隐藏!

可藏到哪里去呢?

他只能像狗一样地悄悄地爬动。

他隐进了灌木丛的根部。他只能是完全匍匐在地上了。

冰凉的沙土,梗着他的裸体;灌木的枝叶,随着寒风的吹动,不停地刮着他的裸体。但他必须忍受,坚强地忍受。

为了证明他的确不是个流氓,他还必须把自己遮掩起来。如果,万一,那女孩走到这儿来了呢?

他赶紧在风声的掩护下,让女孩听不见任何声响地摘了些灌木叶子。他紧紧地抓着灌木叶子，以备万一。万一她来了，他可以迅速地跃起，用灌木叶子将自己的下身遮住。同时，他做好了充分的思想准备，万一她来到这里，他就说他这是在做天体运动——如今的世界潮流，世界都喜欢这种运动。

你难道就没见过那崇尚天体的人们吗？他还得反问她。并且要告诉她，这是艺术。

当然，首先他得让她别害怕，千万别喊他是流氓。

尽管他做了这么充分的思想准备，但女孩并没到他这儿来，而是取下了那个被她拍打个不停的桶袋，垫在水泥座椅上，坐着，不动了。

他做的这个天体运动虽然时髦，可到底已是冬季，不能不冷得打战。

在这个时候，他应该活动，应该站起来，应该伸伸手，踢踢腿，最好是打一套太极拳。他却不由得打个喷嚏。

这个喷嚏，惊动了她。

他不知道到底是因为紧张，还是因为冻得不行，全身痉挛起来。

女孩朝四周看了看，站起。他以为她要走，可她又坐下了。

寒冷，使得他实在受不住了。他真想勇敢地站出来，告诉这个天真无邪的女孩，天真无邪的女孩一定会为他报警，打110！可他旋即又想，还是得挺住，挺住，不能让这么点小事，去麻烦警察"叔叔"。

于是他又竭力去回想他是怎么逃出来的，以及逃出来后跑过的那条漆黑的没有人的小巷；好像一本书上说过，当你冻得受不住时，最好去想春天的温暖。

他是在如同春天般温暖的梦境里被惊醒的。

"砰砰砰砰"，突然响起了急骤的敲门声。

这些敲门的人，一点也不懂规矩，更不用说礼貌了，竟然敲得是那么急，那么地刻不容缓，简直就像要破门而入。

　　他不知道和他一同进入温暖梦境的那个女人，究竟得罪了一些什么人，他就连那女人的真名也不知道。他知道女人告诉他的名字绝对是个假名。女人的名字是真是假，本来于他无多大关系。只是女人已经慌成了一团，而他也不能不慌。然而，在这种慌乱中，女人毕竟不一样，女人比男人更有主见。就在他慌乱得不知所措时，女人一把推开他，要他快从窗户跳出去，不然就来不赢了。

　　他只得推开窗户，就往外跳。

　　窗户并不高，他跳下去时，并没有受伤。

　　他刚从窗户里跳出去，那帮人就进了屋。

　　尽管他慌不择路，只顾逃窜，但还是感觉到，那帮人在用手电筒乱照；然后，才是房里的电灯亮了。房里的灯亮了后，似乎有一个人朝他追来，但哪里追得上从头到脚，轻装到无法再轻装了的他……

　　他仿佛又回到了那间充满着春意的小屋。小屋里并没有被搞得凌乱不堪。女人坐在床前，表情严肃，甚至不无凛然之色。女人见他从窗户里爬了进来，不知从哪里一摸，就将他的衣裤摸了出来。女人将他的衣裤朝他一丢。

　　在如同被打家劫舍的情况下，女人竟然还完好无损地保管了他的衣裤，他应当真诚地感谢她。

　　可他一摸衣裤口袋，里边的钱全没有了。

　　他正要问她，我的钱，钱……还未来得及开口，她已经甩给他二十元。她只凛然地说了一句话。她要他打个的，赶快滚！

　　她要他打个的的话，本来让他感动，可接着的那三个字，又使他不无遗憾。他觉得她应该再说出几句温暖的话。正当他为她想着应该说出几句什么样的温暖的话时，他终于忍不住跳了起来，并无法控制地大叫了一声；但仅仅只是叫出这么一声，他便有点摇摇晃晃，站立不稳了。

随着他这一声大叫，响起了一声更加恐惧的尖叫。

那声恐惧的尖叫一起，他便知道，应该赶紧对着那尖叫声的发出体说，你别叫，别叫，我这是在做天体运动。可是他已经什么也说不出来了。他感觉到，没过多久，有一辆警车，响着警笛，开过来了。他分明听见有一个声音在对他说，明天，你就会实现你的心愿，成为本市最大的名人！

狗头

老余以打狗著称。

老余打狗只需一拳,轻轻的一拳,当然还得配合有抓狗时的一抓。

狗有土星之谓,本是极难被打死的。七八条汉子追一条狗,追得人与狗皆气喘咻咻,终由人形成一包围。狗在包围圈中狂吠暴跳,作狗急跳墙状;包围圈上的汉子舞棍跺脚,作灭此朝食之概。于彼此僵持之际,人眼狗眼怒视,狗语人语混杂。人骂曰:非打死这狗娘养的不可!狗亦骂曰:非咬死一个狗娘养的不可!于混骂声中,面对着狗臀的一大胆汉子蹑步上前,举棍朝狗臀狠狠劈下,那狗听得臀后有风,迅将狗腰一扫,早已躲过此棍,狗头再一横,狗臀一摆,狗身转将过来,狗爪一扑,张开狗嘴便咬,便撕。好在包围圈上的其他好汉迅速进击,使得狗防不胜防,寡不敌众。一张狗嘴难抵八条棍棒,终至于挨了一棍,又挨一棍,越挨越多,倒在了地上。狗一倒地,打狗的豪气陡涨,就连未曾打上一棍的汉子也连连出棍,且棍棍皆着,打得特棒。狗就这样被打死了,被打在地上一动不动了。然打狗的汉子需立即将狗吊在树上,而不能令狗继续死在地上,若继续死在地上,狗沾了地气,就会倏地一下跳起,不死了,跑了,令汉子们又吃不上狗肉了。狗是这般的难打,可老余打狗偏不要人帮忙。

老余打狗是独往独来。

老余只需伸出左手,将狗的脖子一把掐住(似乎是轻轻地掐住，看不出狗有挣扎恐怖状）；而后伸出右手，五指捏拢成拳（却是空心拳，全无紧攥之感）；再将狗提起，狗头对准自个儿的头（两头相隔五拳之距），右手的空心拳与左肩持平略往上冲出（空心拳冲出之时手背朝上），不经意似的揍到狗脸眉宇间，便完了，将狗揍死了。尔后只需刨毛剥皮开膛破肚炖狗肉了。

老余以打狗之绝而闻名于当地，当地的汉子们就皆有求助于老余之时。冬三月的日子冷森森难挨，炖一钵子狗肉慢慢儿地抿几口烧酒，既暖身子又上阳火，夜晚的光景便多了几许兴奋。

"老余，接烟！"

一根烟丢到老余面前。老余接了烟，叼到嘴上，吸燃，咻咻地往肚里一吞，未见些许儿烟雾从鼻孔出来，那股惬意劲儿使得老余的细眯眯眼霍地往两边拉长，眼角陡地往上一翘，鼻翼儿不住地扇动，扇得三角形的鼻子愈发三角。这个时候老余那张颧骨高耸的瘦棱子脸会令人一惊——怎么地觉得老余那张脸不像老余的人脸而像别的什么脸了。

尽管老余那张脸不像老余的人脸而像别的什么脸了，但一根烟能换来一顿狗肉，能亲眼看见老余打狗的绝技——看见了后皆赞叹老余了不得！

这赞叹声却又只能在冬三月方有，若在斯城人认为吃了狗肉会上火的季节，一提到老余，则皆嗤之曰：老余那个狗日的，专门打狗，也不怕他自己变狗！

忽一日，斯城有人传言，谓老余打狗算得个屌，都是打的自家养的狗，都是打的忠心耿耿不事二主宁愿饿死也不弃家而奔富贵之乡的狗。老余专打这样的狗你说能算个啥屌？！

传言还说，老余每当将狗唤拢来时，狗以为老余有好东西给它吃，当然就会欢蹦乱跳着跑拢来啦，当然就会摇头摆尾朝老余身上扑啦，当然就会撒娇献媚逗老余乐啦，老余当然就能一只手便掐住狗的脖子啦，狗被掐住了脖子还以为主人是和它逗乐子耍啦，狗被老余打死了还莫名其妙，还心甘情愿任其宰割啦，云云。

老余听了这些传言却毫不生气，只淡淡一笑，说道，谁有本事就让谁去打狗好啦！

老余说这话时很有些广佬的味道。广佬在任何季节吃狗肉都不怕上火。

老余的确也有一位广佬朋友。这位广佬朋友最爱狗的那条鞭。广佬朋友总爱对老余说：

"老余哇，你打了狗给我留下那条鞭就行了啦，洗洗干净用清水一炖好美味的啦！"

老余则回答说：

"行行行，狗鞭全归你。"

老余并斯城人本就最看不起那条鞭，认为，那个鞭儿也能吃么？！真是太埋汰。殊不料这就好活了他那位广佬朋友。

老余说毕，将拇指和食指塞进嘴里，将尖尖的嘴撮得愈发尖，撮得颧骨下的两腮凹进去好深；然后收腹鼓胸，憋足底气，打出一声尖利的唿哨。

老余的唿哨一起，十多条或黄或黑或白，或黑白交杂黄黑交杂，或黄白交杂黄黑白交杂的狗儿，便从四面八方跑来。跑到老余面前时，狗们有甩着尾巴如摇拨浪鼓的，有匍伏着前肢做谄意之极媚态的，有拉长着后腿在地上蹭啊蹭以取悦于老余的，有将狗爪子直接搭上老余肩膀晃着狗脑袋要老余与之"亲爱亲爱"的，有伸着狗舌头舔着老余的手分明露出几分醋意的，不一而足，总之它们全忘了前向被老余用空心拳轻轻一拳就打死了的兄弟或者姐妹狗。

老余就带着这些狗出去溜达。狗们有的开路，有的殿后，有的时而左时而右，有的时而右时而左。老余前呼后拥着，气派十足。

老余在这般气派中很过了些惬意的日子，因为打了狗又有狗

193

来，随便喂养一条就是。

又一日，斯城突然出现了一位自称打狗在老余之上的人。此人打狗只需一根小钢丝，小钢丝的一头有个圆圈，套在打狗人的大拇指上，另一头则尖尖的还有个倒钩。

本来此人狂言一出便已败在了老余名下，因为他需要武器，而老余不要武器，老余是赤手空拳。斯城人迄今还记得个"武器的批判"和"批判的武器"，所以此人充其量是个"武器的批判"而已。但他打狗和老余截然不同，他是专打野外之狗，且疯追。本来有句俗语云：追狗莫进死胡同。狗进了死胡同无处可逃时就会拼死咬人。可此人就是要将狗追进死胡同。于死胡同中，无处可逃的狗掉转头朝他疯扑而来，此人却说，好，来得好！站定一个马步桩，一动不动，眼见得那狗爪就要抓着他的面门时，身子倏地一闪，如狗一般敏捷地躲过狗的一抓，说时迟，那时快，左脚前，右脚后，成了弓箭步，且以其背对着狗，连正眼都不瞧狗一眼，而后手中的钢丝一挥，但见一道白光一闪，那钢丝从狗的左耳孔里扎进去，右耳孔里穿出来，那人手腕再一抖，钢丝上的倒钩钩住了狗。狗连挣扎一下的分儿都没有，死了，不动了。此人的右手一甩，将死狗背在背上，踏着得胜步儿往回走。

此人的这手绝招了得！年纪却轻得很，顶多不过"二九"。

因为"二九"的出现，斯城出现了对老余极不尊的歌谣。歌谣云：

只说老余会打狗，原来专打自家狗。
只说老余会打狗，原来还不如二九。

斯城人将"九"念成"狗"，"二九"就成了"二狗"。

说老余打狗还不如二狗之言着实激怒了老余。老余那细筋筋的脚杆子在地上一蹬，蹬出一股忿忿之气，从脚底板的涌泉穴直往上冲，冲破天竺穴，闯开上关穴，从那吞进日月精华五谷杂粮人生元气爱情津液的无底洞口愤然而出：

"那就比试，比试！只有比试！"

老余这一要求比试的话立时从斯城这头传到那头。斯城人皆兴奋不已，说这下有好把戏看了，好久没看过好把戏了。

二狗年少气盛，自无不应战之理，遂由斯城人代传战书，约定于次日下午两时三十五分在斯城中心广场外侧的大街马路上进行打狗比试。

两时三十五分一到，斯城的这头走来了雄起起气昂昂的二狗，斯城的那头却全不见老余的踪影。于是有人说，老余这狗日的怯场了，不敢来了。但立即有人说，老余是按老规矩办事，这比试不也跟开会一样，开会总是要晚来半个时辰的。

果然半个时辰后，斯城的那头走来了步履蹒跚、瘦骨嶙峋的老余。斯城人一看二狗和老余的样儿就议论开了，纷纷说老余一世打狗的英名只怕今儿个会折在二狗手里了。

比试一开始，二狗的风采自不必细述，那一根钢丝不偏不倚、不轻不重直从狗的左耳孔里扎进右耳孔里再穿出的绝技赢得满街的喝彩声。专吃老余狗鞭儿的广佬朋友则替老余担心，这打野狗的活儿老余行不行？如果不行的话想个法儿装作突然中暑突然痉挛突然来了高血压请个病假为好。广佬朋友最担心的是，老余万一输了一气之下发誓再不打狗了那就麻烦了，吃狗鞭儿就不那么便当了。

远远地被人撵来了一只野狗。

这只野狗在老余的眼里初时显得很小，小得如同一只刚从母亲体内出来的血乎乎的仔兔；渐渐地就大起来，大得像刺猬，像黄鼠狼，像豺狗子，像四条腿的玩意，终于像条狗了。那条像狗的狗从老余身边窜过去,老余却仍是蔫萎萎的不动。这时有人说,他听见老余在心里叹了口气,讲宝刀老了老了,今不如昔了。

听见老余在心里叹了口气的人的话还未说完,那条像狗的狗已窜出了十多米远。窜出了十多米远的狗在老余的眼里又不是狗了,是一匹撒蹄欢奔、鬃毛飞扬的马了,但听得老余"呀"的一声,朝那匹在他眼中如撒蹄欢奔、鬃毛飞扬的马追去。

老余的瘦杆儿脚真个如马蹄儿翻飞,翻得马路上的灰直扑腾,就在人们的吆喝声中,老余觉得自己已是一条发疯的狗,发疯的狗追赶着那条其实不是马的狗,眨眼工夫就追上了。

狗竟跑老余不赢!斯城人先是傻了眼,继而为老余拼命地欢呼,拼命地鼓掌。欢呼声、掌声此起彼伏,如早些年报上常爱说的大海的波涛一样。

此时的交通已全被阻断,不仅是斯城人要看老余打狗,过路的客商、司机、太太小姐们也要看老余打狗。

就在老余本欲用绝不外露的绝技一脚将狗绊倒时,他突然改变了主意,他得亮一手更绝的。

老余更绝的这手就是双脚霍地一蹬,身子凌空而起,如同飞身上马或骑虎一样,他稳稳地骑到了狗身上。

骑到了狗身上的老余双手握拳,朝狗的双耳分别一击,狗便倒下了,一声不吭;而老余仍做骑马状,双脚稳稳地分立于地。

好一个骑马桩!有人欢呼。好一个"双雷灌耳"!更有人欢呼!

于欢呼声中,老余将抟在胳臂上的长衣袖放下,双手一甩,头也不回地走了。

自此后老余倒有点异样,先是将自个儿家养的狗一只一只用空心拳打死,尔后则见一只狗便打一只。若遇着诸如小孩、未成年人、成了年但有残疾之类的人阻挠打狗,老余就吸足气,将尖尖的嘴往里一吸，高耸的颧骨下立时现出两个黑森森的洞，同时眉头一蹙，不唯是两道稀稀松松的眉毛立时倒竖，连三角脸两旁的耳朵也竖了起来，且不住地扇动，便吓得诸如小孩、未成年人、成了年但有残疾之类的人战战兢兢，以为老余是恶狗再世，只得任凭他去打狗。若遇着大汉、蛮汉，或虽不大不蛮但身后有力量之类的人阻挠打狗，老余就将尖尖的嘴往两边一撇，高耸的颧骨往两边一挪，稀稀松松的眉毛下那双三角眼的眼皮往下一耷，三角脸儿往下一垂，三角脸两旁的耳朵跟着往下扇动，亦使得大汉、蛮汉以及虽不大不蛮但身后有力量之类的人大吃一惊，以为自个儿那忠贞不二的狗魂已附到老余身上，也只得任凭他去打狗。

老余就这么着不停地打狗，直至斯城似乎没有狗可打了，都被老余打死了，老余也就清净了。

老余清净了一段后，心里又发慌，又怀念他的那些狗了，极想买一条狗来养着，可无狗可买，因无人愿意卖给他，大家都说老余太狠心了。

这个时候二狗干起了专门贩卖狗的生意，只是他贩卖的尽是些卷毛狗狮毛狗哈巴狗之类的洋狗。

那些个卷毛狗狮毛狗哈巴狗哪里像个狗呢？老余蹙眉而叹，逢人便说。斯城人也觉得老余讲得有理，的的确确，如今这些个狗哪像个狗呢？！只有以前那狗，那才像个狗娘养的狗。可偏就有人牵了这些个不像狗的狗，迈着小方步，很富贵很阔气地慢慢儿走，压根儿就不怕有人来打狗。

老余自然是不敢打的，因为没有哪个文件说要打这号不像狗的洋狗。

老余没有了狗们前呼后拥的威风，也没有了见狗就打的威风，只得独自一个人在街上走。忽地一小孩害怕地紧拉着母亲的衣襟指着老余说，妈妈，妈妈，那个人的头怎么是个狗头？！

这话在斯城一传开，斯城的人便都格外注意老余的头。一看，老余那张脸真的是张狗脸，那颗头也真的是个狗头。

"悦书坊" 书目

潘年英《青山谣》
谢永华《清风在上》
林家品《脖铃》
姜贻斌《你会不会出事》

// 集木工作室

投稿邮箱：jimugongzuoshi@163.com

微信公众号：集木做书

微信搜一搜

集木做书